悬疑故事盛宴

最鲜为人知的
狄更斯谜案故事

在这里，不只有悬疑和惊悚，更有对黑暗的揭露和对人性的刻画，隐藏在其中的哲理带给人的不仅仅是心脏骤然紧绷，更有对人性的深刻反思。

庄一凡 ◎ 编译

郑州大学出版社
郑州

图书在版编目(CIP)数据

最鲜为人知的狄更斯谜案故事/庄一凡编译. —郑州:郑州大学出版社,2016.1
(悬疑故事盛宴)
ISBN 978-7-5645-0921-7

Ⅰ.①最… Ⅱ.①庄… Ⅲ.①侦探小说-小说集-英国-近代 Ⅳ.①I561.44

中国版本图书馆 CIP 数据核字(2014)第 114712 号

郑州大学出版社出版发行	
郑州市大学路 40 号	邮政编码:450052
出版人:张功员	发行部电话:0371-66966070
全国新华书店经销	
辉县市伟业印务有限公司印制	
开本:787 mm×1 092 mm 1/16	
印张:12	
字数:173 千字	
版次:2016 年 1 月第 1 版	印次:2016 年 1 月第 1 次印刷
书号:ISBN 978-7-5645-0921-7	定价:29.80 元

本书如有印装质量问题,请向本社调换

前　言
Preface

提到狄更斯，也许人们更熟悉他的作品《双城记》或是《雾都孤儿》。作为英国批判现实主义小说家，查尔斯·狄更斯看似与"悬疑故事""推理小说"这类字眼搭不上任何联系，但事实并非如此。狄更斯不仅擅长刻画社会底层的小人物从而表达对当时社会的不满，更擅长用幽默风趣的笔触涉足侦探小说领域。

狄更斯为人善良正直，这种性格既为他的批判主义的创作奠定了基础，也使他的悬疑作品融合了现实主义元素从而打造出独一无二的风格。狄更斯对那些超自然的事物非常感兴趣，并将这些也写入作品之中，因此他的悬疑故事相比其他作家而言更有一种现实主义、后浪漫主义与哥特式小说巧妙呼应的风格。

狄更斯是一位高产作家，为人勤奋的他凭借横溢的创作才华成就了一部部经典著作。作为19世纪英国现实主义文学的领军人物，狄更斯将风趣的叙事风格、细致的心理刻画、对现实社会的描写和浪漫主义色彩相融合打造自己独特的文学魅力。就连马克思也曾赞誉他为"英国杰出的小说家"。

从狄更斯的作品中可以看出，他早期的创作气势恢宏庞大，通俗泼辣的语言中流露出对社会制度的不满。到了后期，作品主题明显深化，写作技巧趋于成熟。从最后一部小说《埃德温·德鲁德之谜》可以看出，虽然这部小说并未完成，但是在仅存的23章里作者文笔精雅，构思巧妙，悬念迭起，这为小说增添了诱人的神秘色彩。

由于狄更斯更注重对当时社会黑暗的揭露和对不平等待遇的质疑，所以即便是创作侦探推理小说，他也不忘记将人性的善恶美丑写入其中。阅读狄更斯创作的经典悬疑小说，我们会更加强烈地感受到黑暗与光明的较量，也会在主人公抽丝剥茧的推理过程中更加真实地感受到道德摄人心魄的力量。

  J·K·罗琳的作品中曾有这么一句话：真相是一种美丽而可怕的事物。在狄更斯的作品中，每个故事的背景虽然让人或是恐惧颤抖或是惊悚慌乱，但是结局总是乐观的，正义终将战胜邪恶。然而无论是《圣诞颂歌》里的斯克鲁吉，还是《惊险之旅》中的杰克·马丁，抑或是《离奇房子》中的约翰与他身边的人，他们都是一定形象的代表，狄更斯想要通过发生在他们身上看似荒谬的故事来反映这个社会的冷漠、温暖与人性中的险恶真诚。所有的故事都离不开道德的主旋律，我们不仅仅会被作者严谨的逻辑和精巧的设计所吸引，更会为文字中透露出的人文关怀而沉思。

  可以说，狄更斯创作的初衷是为了批判复杂的社会现实，也是希望能够唤醒人们麻木的心灵，即使在今天我们阅读他的经典作品时也会受到强烈的震撼。他用天马行空的想象为我们展示另一个世界，虽然充斥着鬼怪魂灵，但故事的发生并不唐突。本书精选的这些作品风格或是诡异或是温馨，结构或是简练或是悬念重重，轻松的文笔似乎在不经意间对人性进行了深刻的描写，精巧的情节让人按捺不住，一读再读。

  在这里，我们会见到不一样的悬疑惊悚小说；在这里，我们会切切实实感受到人性的善恶；在这里，我们会更加清楚地认识到道德的力量。既然如此，何不让我们翻开此书，畅游狄更斯的文学世界！

译者

2013 年 11 月

目录 Contents

惊险之旅 …………………………… 1
圣诞颂歌 …………………………… 14
史林克顿的阴谋 …………………… 23
陪审凶杀案 ………………………… 38
鬼新娘 ……………………………… 47
深夜 ………………………………… 60
鬼影 ………………………………… 75
疯狂的雷德罗 ……………………… 86
失踪的房客 ………………………… 146
回家 ………………………………… 159
听故事 ……………………………… 166
神奇的机器 ………………………… 177
恶灵 ………………………………… 179

惊险之旅

在一个雨后的夜晚，乐观开朗的杰克·马丁机缘巧合地坐上了路边突然出现的邮车。同行的旅客是一名美丽少女和两名佩剑的青年。杰克刚上车没多久，两名年轻人就拔剑向他刺了过去，美丽的少女也面露惊恐，抓着杰克向他求救！

我是一名旅行推销员，游走在各个旅馆之间。今天我要给大家讲一个关于我伯父的故事，是他的一次惊险的经历。

我的伯父杰克·马丁是一个快乐、聪明又和蔼可亲的人。虽然我希望你们都能认识他，但是很遗憾，现在只有已经死亡或者濒临死亡的人才有机会认识他，因为我的伯父已经去世了。现在只能由我来告诉你们，我的伯父是一个多么优秀的人，当然我很高兴能够把这些事情告诉你们。

我的伯父是十分出众的，其中有两样是最出众的，一个是他调的潘趣酒，另一个就是他晚餐后唱的歌曲。

伯父的身材比中等身材的人矮些，比普通人略胖些，脸色比一般人稍微红了些，但是他的脸上总是挂着笑容，不是那种毫无表情的傻笑，而是那种真诚、愉快的微笑。他的脸上总是挂着最快活的表情，就像潘趣，但是伯父的鼻子和下巴要比潘趣更好看。

伯父有很多重要的朋友，他是铁近何威尔普斯公司的收账员，也是伦敦市卡堤顿街的毕尔森和司伦大厦的汤姆·史玛特的挚友与伙伴。

事实上，从初次见面开始他们就互相欣赏了，他们在认识还不到半个钟头的时候，就打赌说看谁能做出一夸脱最好的潘趣酒，并且在最短的时间里喝掉它，赌注就是一顶崭新的帽子。最后他们打成了平手，伯父取得了调酒的胜利，而汤姆·史玛特则在饮酒方面胜过了伯父。这之后他们又为对方的健康各喝了一夸脱的酒，从此他们就成了一生的至交好友。

伯父是一个坚强乐观的人。有次他从一辆二轮单马车上掉了下去，头撞在一块里程碑上，他当场就陷入昏迷中，脸也被一旁的碎石子割伤了。他的伤很严重，严重到就算他的母亲活过来也认不出他来了，当然这是玩笑。因为他的母亲在他两岁又七个月时就已经去世，即使伯父没有受伤，她也是一样认不出他的。一些好心人救了伯父，而伯父的表现让他们感到十分惊奇。

当时，伯父已经摔倒在了地上，但是他看上去依然非常开心，像是刚刚享受了一顿大餐之后醉倒在地上一样。那些好心人帮伯父放完血之后，伯父恢复了活力，他从床上跳了起来，大笑着亲吻身旁捧着脸盆的年轻女子，要了一份羊肉排骨和一颗腌核桃。

我伯父这趟惊险的旅行发生在一个落叶纷纷的秋天，他出行的目的是为了收账和接订单，他的行程安排是这样的：伦敦—爱丁堡—格拉斯哥，再从格拉斯哥—爱丁堡—伦敦。

看到这份行程表大家可能会很奇怪，伯父为什么不直接回到伦敦而是要再去一次爱丁堡？这里我要解释一下，他第二次去爱丁堡完全是为了个人消遣，伯父有很多的朋友在爱丁堡，所以他通常会花一个星期的时间去看看他的老朋友们，和一些人吃一顿苏格兰式早餐，和另一些人共进有着一大盘牡蛎、一打啤酒以及一两杯威士忌作收尾的简易午餐，再和其他人一起吃点心，最后跟另一些人共用晚餐，就这样一星期时间显得十分紧凑。

在这一周的聚会中，伯父每天都要喝大量的酒，这对他来说已经不算什么了，他早已习惯这样喝了，他甚至可以把一向以酒量好著称的丹地人灌醉后自己稳稳地走回家去。

就在伯父离开爱丁堡返回伦敦的前一天晚上，伯父在一个叫作贝利·麦克的老朋友家吃晚餐，贝利·麦克住在爱丁堡的旧城区。那是一场盛大的晚宴，和我伯父一起共进晚餐的还有贝利的妻子、三个女儿、已成人的儿子，以及贝利请来的三四个撑场面、活跃气氛的矮胖、浓眉又一脸狡诈的苏格兰人。

这场盛大的晚宴非常丰盛，有腌鲑鱼、熏黑线鳕鱼、羔羊头，还有很有名的苏格兰家常食品以及很多不知名但十分美味的菜肴。这场宴会让伯父非常开心，因为贝利的女儿们长得漂亮又讨人喜欢，贝利的妻子也十分善良好客。席间，大家都开怀地笑着，贝利和那三个苏格兰人更是笑得涨红了脸。

我不知道晚宴上伯父他们又喝了多少苏格兰威士忌，不过据说在凌晨一点钟左右，贝利的儿子醉得不省人事之后，在那张桃心木桌上的人，还清醒的就只有伯父了。这时伯父觉得是该告辞的时候了，但是如果就这么一声不响地离开，未免有些失礼，于是我伯父坐在椅子上，为自己又调了一杯酒，然后站起来举杯祝自己健康，在做了段简洁而恭维的演说后，劲头十足地喝干了这杯未加水的酒，然后头也不回地朝街上走了。

那个夜晚的天气十分糟糕，狂风大作，乌云密布，伯父离开贝利家之后，为了防止帽子被风刮走，他必须把它紧紧地戴在头上。伯父不时抬头仰望夜空，看到乌云和月亮在不停地追逐，一会儿乌云快速地把月亮和它的光辉全部掩盖，一会儿月亮又从层层黑云背后钻出，发出强烈的光照亮周围一切。这样的天气让伯父非常生气，因为原本他是打算坐船回伦敦的，但是在阴云中出航并不是个明智的选择。仰望天空时间太久之后，伯父感到有点头晕，在好不容易恢复了身体的平衡之后，他又一次一边唱着歌一边愉快地向前走了。

从贝利家所在的凯农格特街到我伯父住的莱斯步道大概要走一英里多的路，中间，伯父要经过一些在黑暗中零星错落的高楼，这些房子有七八层楼高，它们的大门褪色，窗户变得模糊凹陷了。

它们的影子投射在崎岖不平的石子路上，让暗夜变得更加漆黑了，只有几盏零零落落的油灯发出一些微弱的光芒，它们的作用是指出哪些是通往狭窄死胡同的入口，哪些又是通往上面各层楼的公用楼梯。

按理说，这样阴暗的街景会让一般人感到畏惧，但是伯父对这一切已经司空见惯了，所以他只是看了看周围之后，便自在地走在大街的中心。他把双手的大拇指分别插在背心的两个口袋里，一边走一边哼着各种曲调。他唱得非常开心，一会儿是情歌，一会儿是饮酒歌，一会儿又变成了曲调悦耳的口哨。

就这样，伯父独自沿着街心一路走下去，直到他来到了连接爱丁堡新旧城区的北桥，他本该像往常一样毫不停留地离开这里，但是他被一些奇怪而不规则的光群吸引了。那些光一层叠着一层，就像繁星一样在高空闪烁着，这样美丽的景色吸引了伯父，他四处张望着，而这时月亮已渐渐落下了。

天气渐渐地放晴了。这让伯父心情变得很好，于是他就这样走到莱斯步道的尽头，现在伯父只要穿过一块很大的荒地就可以回家了，这块荒地属于一个车匠，他买下了邮局破旧废弃的邮车。

伯父喜欢所有的车子，无论新旧，于是他来到栅栏边，从缝隙中观察那些邮车。很多邮车被弃置或拆解后堆在了最里面，伯父不是喜欢冒险或有浪漫情怀的人，但他是一个为人热心、精力旺盛的人。为了更清楚地观察那些邮车，他翻过那些栅栏，坐在一根旧车轴上，静静地看着那些邮车。

那些邮车杂乱无章地堆在一起。伯父是个对数目一丝不苟的人，他想弄清楚那里到底有多少辆邮车，说实话那是很困难的一件事，因为那些车已经被拆卸了，油漆已经完全剥落，铁制品已经全部锈迹斑斑了。车门被拿走了，车厢内的衬布被撕走了，车灯也没了，辕杆不见了踪迹，木板在风的撕扯下发出毛骨悚然的呼呼声，车顶积压的雨水滴滴答答地流进车里，到处都是破败的景象。

伯父安静地坐在那里，一边看着凄凉而阴沉的景色，一边想象着这些邮车工作时的情景。他站在一辆邮车旁边，想象着它工作时的样子，想象着它曾经焦急地等待的消息、汇款、信件和通知，商人、情人、妻子、寡妇、母亲、学童、幼儿看到邮车时的期待表情……就这样漫无目的地想着，伯父居然打起瞌睡来了。

过了一会儿，也就是教堂的钟敲响了两点时，伯父被一阵喧哗声吵醒了。他发现这块荒凉的空地一下子变得热闹起来，各种各样的人一下子凭空冒了出来。这些人十分怪异,伯父完全不知道他们是怎样出现又是怎样消失的,例如那些脚夫,他们在拿到搬运费后,一转过身就不见了,而那些乘客则穿着大尺寸、滚宽蕾丝边的外套,袖口很大,而且没有领子还戴着绅士们最爱的假发、最正式的假发。

更令伯父惊奇的是,刚刚还破败不堪的邮车变得崭新明亮,每辆车的车厢内都摆放着坐垫和大衣;车长在整理邮包,脚夫们忙着将包裹丢进行李箱,马夫们则忙着给马套马辔,仆役们忙着把辕杆紧紧拴在车上;乘客们的行李箱都已经被抬上车,而乘客们也已经准备好要出发了。

伯父就这样看着这群奇怪的人一会儿,然后他又把眼睛闭了起来,直到有一个声音唤醒了他。

那是一辆邮车的车长,他戴着那种假发,一只手提着灯笼,另一只手正在把一把硕大的大口径短枪塞到他的小手提箱里。车长告诉伯父,他订了一张邮车里面的座位,伯父感到十分惊讶。虽然伯父对于一名车长没有称他为先生感到生气,但是在得知车钱已经付过之后,他感到十分好奇,于是在车长的引导下登上了一部老式的爱丁堡伦敦线的邮车。

在伯父上车之前,另外的几名乘客先上了邮车。其中一位戴着假发,穿着里头衬着硬粗布,下摆又宽又大的滚着银边的天蓝色外套,短裤上配丝质长袜和有副绑腿的带扣的鞋,背心的垂边拖在大腿的一边,领结的带子一路垂到腰际。他戴着一顶三角帽,腰边挂着一把细长的剑,表情严肃地对着伯父的方向脱下帽子深深地鞠了个躬,伸出左手,行了一个标准的礼。

正当伯父想要回应他的热情时,却发现原来这位青年的殷勤是献给一位刚出现在脚踏板前的年轻女子,她穿着一件长胸衣拖到腰部以下的老式的绿色天鹅绒洋装,用一条黑色的丝质头巾包住了头。面对青年的礼仪,她回头看了看,然后用一只手提起衣服上了马车。虽然只是惊鸿一瞥,但是伯父确信他从未见过比她更美丽的女人,而且她的腿和脚也十分完美。尽管只是匆匆一瞥,伯父看到了这位年轻女士在恳求帮助,她的表情显得既彷徨又无助。

就在年轻的女士上车时，之前那个动作殷勤的青年一把抓住了她的手腕，跟着她坐进了邮车，而紧跟着他的是一个戴着棕色短假发、面貌非常凶恶的家伙。他穿着梅子色的衣服，带着把很大的剑，夸张的高靴一直到屁股下面，他和之前的年轻人一左一右地坐在了年轻女士的两边。伯父确信这两个人是一伙的，而且他们一定是要对那名年轻的女士做一些见不得人的勾当，于是伯父决定保护这位女士。

伯父进入车厢后，那两个年轻人立刻就想要杀死伯父。面貌凶恶的人挥舞着剑刺向了伯父。伯父虽然手无寸铁，但迅速扯下了那个年轻人的三角帽，然后用它挡住了刺向自己的剑。这时长相凶狠的年轻人要求另一个人用剑从后面刺伯父，但在伯父展示了自己的一只鞋后跟，告诉他们如果他们真的敢那样做的话，他一定会踢破他们的脑袋，踹出他们的脑浆之后，那个人犹豫了。伯父把那把刺向他的长剑从长相凶恶的年轻人手上夺了过来，然后丢到了车外。

而那个之前对女士十分殷勤的年轻人想要再一次刺杀伯父，也许是顾忌着女士的心情，他只是面露凶光却没有拔剑。伯父神情自若地坐下，微笑着告诉两个年轻人，在女士面前不要做这么残暴的事情，然后他命令邮车车长把他刚刚扔掉的剑还给那个面貌凶恶的年轻人。

车长来到车外，一手举起灯，一手拿着那把剑，还有一大群邮车车长聚集在窗外，他们都用热切的眼光看着伯父。这一切令伯父感到惊奇，他从未遇到过这样奇怪的事情。他把帽子还给了那个长相凶恶的青年。青年接过了中间有个洞的帽子，然后将它默默地戴在假发上。虽然他表现得很严肃，可惜一个喷嚏就把他努力营造的形象全给毁了。

就在这时，车长宣布出发。伯父在车中看到，这些邮车以每小时大约五英里的速度缓慢前进，对此伯父觉得他们实在是太散漫了，决定回到伦敦后一定马上写信向邮局投诉。但是此时此刻，他最关心的是那位坐在车厢角落里的女士的安危，她被那两个年轻人紧紧地监视着，伯父决定无论如何都要把这事解决。他很喜欢明亮的双眸、甜美的脸蛋以及漂亮的腿和脚，简单来说，只要是女人他都喜欢。这是我们的家族遗传，绅士们，我也一样。

伯父想方设法要吸引那位女士的注意，或者让那两位神秘的绅士开始交谈，但都徒劳无功。绅士们不愿意说话，女士更不敢开口。伯父每隔一会儿就把头伸出窗外，大声问车长为什么不走快一点，但是他嗓子都快喊哑了也没有人理他。

　　伯父坐回座位上，想起那美丽的脸、脚和腿。这是个好问题，可以消磨时间，也省得他纳闷到底要上哪里去，还有自己又是怎么落入如此古怪的处境中的。无论如何，他都不会感到太过烦恼——他是个随遇而安、习惯漂泊的人，这就是我的伯父，各位绅士们。

　　突然间，马车停了下来。

　　"嘿，"伯父问，"发生什么事了？"

　　"在这里下车。"车长说，他放下脚踏板。

　　"在这下车？"伯父不敢相信。

　　"就是这里。"车长回答。

　　"我才不干。"伯父说。

　　"好极了，那你待在原地别动。"车长说。

　　"我会的。"伯父说。

　　"好。"车长这次只说了一个字。

　　车上其他乘客都在听他们的对话，知道伯父决定不下车后，较年轻的那名男子就从他旁边挤了过去，把那位女士牵下车。另一个长相凶恶的男子还在检查三角帽上的洞。年轻女士走过伯父身旁时，故意让一只手套掉在他的手里，轻声地对他耳语——她的嘴唇靠着他的脸，近到他的鼻子都感觉到她温暖的气息了——仅仅两个字："救命！"伯父立刻跳出马车，力道之猛让车子立即摇晃了起来。

　　"噢！你改变心意了，是吗？"车长看见伯父站在地上时说。

　　伯父看了车长一会儿，犹豫着该不该把他的大口径短枪抢过来，朝那名佩带长剑的男子脸上开一枪，再用枪托招呼另一个同伴的头，一把抓住那名年轻女士往烟雾里逃去。但是他想了想，决定放弃这个计划，因为真要这么做未免有点太过戏剧化了。于是就跟着两名神秘男子，三人一左一右一后围住那位年轻女士，走进就在马车停下来的正前方的一间古老的房子里。他们转进走廊，伯父也跟了过去。

在伯父见过的所有空屋和废墟中，这里是最荒凉的一处了。看起来这里曾经是一间很大的娱乐场所，但现在屋顶有好几处坍塌，楼梯也变得陡峭、崎岖不平、坑坑洼洼。他们走进去的房间里面有一座巨大的火炉和被烟熏焦黑的烟囱，但现在已经没有温暖的火来将它点燃。炉底依旧铺盖着白色羽毛般的灰烬，不过火炉是冰凉的，一切都显得阴暗而阴郁。

"喂，一辆邮车用时速六英里半的慢速赶路，还在这个像洞一样的地方不知道要停多久，这很不符合常规吧？应该要查清楚，我会写信给报社问个明白。"伯父边说边四处张望。

伯父用一种公然、毫不保留的态度，提高音量说出这段话，为的是尽量引起两个陌生人开口和他说话。但他们完全不理会他，只是一边彼此窃窃私语，一边恶狠狠地瞪着他。年轻女士在房间的另一头，她冒险挥了挥手，像在乞求伯父救她。

终于这两个陌生人朝他走了过来，开始谈话。"我想，你不知道这是私人房间吧，老兄？"穿天蓝色外套的人说。

"不，我不知道，老兄，"伯父回答，"不过如果这间是临时特别指定的私人房间，那我想公用室一定是非常舒服的房间。"说着，伯父就在一把高背椅子上坐了下来，打量着那位绅士。

"离开这房间。"两人不约而同地说，手里握着剑。

"呃？"伯父似乎完全不懂他们的意思。

"离开这房间，否则就要你的命。"长相凶恶的家伙说，同时拔出剑挥舞着。

"干掉他！"穿天蓝色衣服的人喊了一声，也拔出剑来，还后退了两三码。年轻女士这时发出一声尖叫。

伯父一向以非常勇敢和冷静著称。他们开始交谈后，他就一副好像对即将发生的事情漠不关心的样子，其实他一直不动声色地四处搜寻可以投掷或防御的武器，而就在他们拔出剑来的那一刻，他发现在烟囱角落里有把老旧的筐形剑柄的双刃长剑，还套着生锈的剑鞘。

伯父跳过去一把将它抓在手中，拔出剑来英勇地在头上挥舞，大声要那女士躲开，再抄起椅子朝穿天蓝色衣服的男子扔过去，剑鞘则丢向穿梅子色衣服的那人，趁他们一片混乱之际，扑上去展开了一场混战。

伯父以前从来没有拿过剑，除了有一次在某个私人剧院扮演理查三世时拿过之外。那是安排好的戏码，只要刺过去，完全不用演出决斗场面。但是现在他正和两个有经验的剑手对砍，刺、挡、戳、削，使出无比的男子气概和最灵活的技术拼斗着，尽管当时他还没意识到，他对斗剑这一技艺是完全的门外汉。绅士们，这只是证明了那句老话说得有多对："一个人在没试过之前，绝对不知道自己能够做什么。"

搏斗的声音很吓人，三位剑客都破口大骂，他们的剑铿锵作响，仿佛新港市场里所有刀枪剑戟同时撞在一块儿。搏斗到最高潮时，年轻女士把头巾从脸上整个掀开（八九不离十是为了鼓舞伯父），露出她那让人目眩神迷的美貌，让伯父甘愿为了她的嫣然一笑和五十个对手战斗，至死方休。伯父刚才已完成惊人之举，但现在变得更加勇猛，宛如疯狂的巨人。

就在这时，穿天蓝色衣服的人回过头去，看见年轻女士把脸露了出来，他发出一阵夹杂盛怒和嫉妒的怒吼，然后把剑转过来朝向她美丽的胸脯，剑尖对准她的心口，作势要刺过去。伯父见状发出一声惊呼，响彻整间空屋。女士轻巧地闪开，从年轻男子手里夺过剑，趁他还来不及站稳之际将他逼到墙边，一剑刺穿了他的身体，只留下剑柄露在外头，把他结结实实地钉在那儿。

这个示范出色极了！伯父发出一声胜利的呐喊和爆发出一股无法抵抗的力量，将他的对手往同方向逼退，那把老旧的双刃长剑将对手钉在旁边。这两个人就站在那里，手脚痛苦地抽搐着，像玩具店里被粗麻绳拉扯的玩偶一样。在这之后伯父总是说，这是他知道处理仇人最好的手段之一，不过这方法有个可疑之处，那就是费用问题，因为每处理掉一个人就要损失一把剑！

"邮车，邮车！我们可能还来得及逃出去。"女士大叫，跑向伯父，伸出美丽的双臂环绕住他的脖子。

伯父大喊："亲爱的，已经没人要杀了，不是吗？"伯父觉得有点失望，因为他认为杀戮后安静地亲热一下才会愉快。

"我们一刻也不能浪费在这儿，他（指着穿天蓝色衣服的年轻绅士）是势力庞大的菲利托维侯爵的独生子。"年轻女士说。

"好吧，亲爱的，恐怕他永远再也无法冠上这爵号了，你断了他们的后代，亲爱的。"伯父冷冷地看着年轻绅士说。

"这些恶棍把我从我的家人和朋友身边绑走，再过一小时这无赖就要用武力强娶我了。"年轻女士美丽的脸因为愤怒而涨得通红。

"无耻之徒！"伯父说，对菲利托维垂死的子嗣鄙视地看了一眼。

"从你所见的事你可以猜得到，如果我向任何人求救，他们就要杀了我。倘若他们的党羽发现我们在这里，我们就完了，再拖个两分钟都会太迟。邮车！"因情绪过度激动，加上刺杀小菲利托维时使尽了力气，她说完这些话后就倒在伯父怀里。伯父把她扶起来，抱着她走到门口。

邮车就停在那儿，还有四匹长尾、鬃毛飘垂的黑马，都上了马具。但是在那些马的前面，没有车夫、没有车长，甚至连马夫也没有。

绅士们，希望我的表达方式对已故伯父的名声没有任何诋毁之处。他虽然是个单身汉，但是在这次之前他的怀里已经抱过几位女子了——我确实相信他有亲吻酒吧女侍者的习惯，而且我还知道，有一次还是两次，他曾经被可靠的证人看见他抱着老板娘的样子。

我提到这点，是为了说明那位年轻美丽的女士一定是个很不寻常的人，才有办法那样影响伯父。他常说，当她乌黑的长发垂在他手臂上，还有当她苏醒后用那双美丽的黑眼睛凝视着他的脸时，他感到既不可思议又有些紧张，两腿不由自主地抖了起来。谁能够望着一双甜蜜温柔的黑眼睛而不觉得有点可疑呢？我是办不到了，绅士们，我害怕看一些我认识的人的眼睛，就是这个道理。

"你永远都不会离开我吗？"年轻女士温柔地低语。

"绝对不会。"伯父很认真地说。

"我亲爱的救命恩人！"年轻女士叫喊着，"我亲爱、善良、勇敢的救命恩人！"

"别说了。"伯父打断她。

"为什么？"年轻女士问。

"因为你的嘴在说话时是那么美丽，"伯父回答，"我害怕我会情不自禁地失礼吻上它。"

年轻女士举起手来，似乎是要警告我伯父别这样做，还说——不，她什么都没说——她笑了笑。当你注视一双世上最甜美的嘴唇，看着它们温柔地咧出淘气的微笑——如果你非常靠近它们，并且旁边没有别人在场的话——你除了立刻吻上它们，就没有更好的方法来证明你对它们的美丽和红润的崇拜。伯父就这么做了，我因此很崇拜他。

"听！"年轻女士惊叫出来，"是车轮和马的声音！"

"没错。"伯父一边说，一边留神听着。他在辨识车轮和马蹄声这方面的听力十分敏锐。不过，朝他们奔来的马和马车非常多，而且距离遥远，所以不太能够精确地估算出一个数目。那声音听起来像是五十辆四轮大马车，每辆车子由六匹纯种马拉着。

"有人追过来了！有人追过来了！现在你是我唯一的希望了！"年轻女士呼喊。

看见她美丽的脸上露出如此惊惧的表情，伯父当下就铁了心。他把她抱进马车，要她别害怕，还把他的嘴唇压到她的嘴唇上面又亲了一次，然后让她拉上窗挡住冷风，就径自爬上车夫座。

"慢着，亲爱的。"年轻的女士说。

"怎么了？"伯父坐在车夫座上问。

"我有话要跟你说，"年轻的女士说，"只有一句话，只有一句话，最亲爱的。"

"我要下来吗？"伯父问。年轻女士没有回答，只是又微微一笑。那醉人的微笑啊，绅士们，要说倾国倾城恐怕还太保守了点。伯父立刻从车夫座上一跃而下。

"什么事，亲爱的？"伯父把头探进车窗户里。年轻女士刚好同时倾过身来，伯父觉得她比之前更美了。

"什么事，亲爱的？"伯父问。

"除了我，你绝不会再爱上别人，绝不会娶任何人吗？"年轻女士说。

伯父发了重誓，说他绝不会娶任何人，年轻女士这才退了进去，拉上了窗户。

伯父跳回车夫座，摆出赶车的架势，调整好缰绳，抓起放在车顶上的马鞭，给了领头马一鞭，四匹长尾飘鬃的黑马随即飞奔起来，每小时足足有十五英里的速度，后面拖着辆老旧的邮车。

然而后面的声音越来越大。老邮车跑得越快，后方的追兵——人、马、狗等就追赶得越快。喧嚣声虽可怕，最恐怖的却是那位年轻女士的声音，她不停地催促伯父，高声尖叫着："快点！再快点！"

他们疾驰在阴暗的树林间，刮落的树叶像飓风中的羽毛一样狂乱飞舞。他们像怒吼的洪水突然溃堤似的，冲过屋舍、栅门、教堂、干草堆和行进路线上的任何东西。但追着他们的声音依旧越来越大，伯父依旧听得见女士发狂的尖叫声："快点！再快点！"

伯父连续抽动鞭子和缰绳，马匹不断往前飞奔，然而后方追逐的声音变得更接近，年轻女士一直叫着："快点！再快点！"

在这紧要关头，伯父突然用力蹬了一下行李箱，然后发现已是鱼肚白的早晨，他正坐在车匠租地里一辆爱丁堡邮车的驾驶座上，又湿又冷、浑身颤抖，还在跺着脚取暖。他爬下来，急忙往车厢里寻找那美丽的少女。哎呀！那邮车不但没有门，连车厢也没有——只是个空壳子而已。

当然，伯父很清楚这件事一定有什么神秘的地方，他一直坚守着对那名美丽少女所发的重誓，还为了她拒绝了几个颇具姿色的老板娘，到死都还是光棍一个。他常说因为他偶然爬过栅栏这个单纯的举动，发现了邮车和马的鬼魂，还有车长、车夫和那些习惯每夜出去旅行的乘客们的鬼魂，这是多不可思议的遭遇啊！他深信自己是这些旅客中唯一的活人。我认为他说得没错，绅士们，至少我从来都没听说过还有别人呢。

"我在想,鬼在这些邮车的邮包里装了些什么东西?"全神贯注地听完整个故事的旅馆老板说。

"当然是死人的信!"我说。

"哦,也对!说真的,我倒没想过这一点。"老板答。

圣诞颂歌

卧室的铃铛突然响了起来,紧接着,屋子里所有房间的铃铛都响了起来,地窖里也传来铁链在地上拖动的声音,斯克鲁吉顺着铁链看去,竟看见了……

斯克鲁吉在他经常去的酒菜馆里忧郁地吃着晚饭。他看完了酒馆里所有的报纸后,欣赏了一下自己的银行存折,就回家去睡觉了。

他住在死去的合伙人家里。那幢房子阴森地伫立在那儿,不禁让人猜想,它是在年轻的时候,和别的房子玩捉迷藏才跑到这里来。

它看上去很老也十分寒酸,迷雾和寒气弥漫在老房子的正门口,门上的门环没有丝毫特殊的地方,只不过有点大。院子里很暗,暗得即使是了解这儿每一块石头的斯克鲁吉,也不得不双手摸索着前进。

自从斯克鲁吉住到这地方以来,他每天早晚都会不自觉地看着那个门环,这是实实在在的事。还有一个事实:斯克鲁吉缺乏想象力,正像伦敦城里的任何人一样,甚至包括——斗胆说一句——市政当局、高级市政官和同业工会会员。

有一点大家也应该记住,就是斯克鲁吉自从那天下午提到了他那死了七年的合伙人马莱以后,便再也没有想起过他。好,现在请随便哪一位,给我解释一下以下事情是怎么发生的:斯克鲁吉把钥匙插进门锁以后,看到那个门环,没有经过任何中间的变化过程,就变成了马莱的脸。

马莱的脸不像院子里其他东西那样是看不透的阴影,好像黑暗的地窖里一只坏掉的龙虾。这张脸并不狰狞凶恶,而是和他生前看斯克鲁吉的表情一样。他的头发奇怪地飘动着,一双眼睛睁得大大的,一眨也不眨。这副神情加上青灰的脸色,怎能不叫人害怕?不过这其中的可怕似乎不仅仅是一张脸能控制的……

正当斯克鲁吉盯着这个幻影,想要看得更仔细的时候,它又变回了门环。要是说他没有吓一跳,那是不可能的。然而他还是把刚才缩回去的手伸到钥匙上,坚定不移地一旋,走进屋子,点亮了蜡烛。

在关上屋门之前,他犹豫地站立了片刻,并小心翼翼地先打量了门背后一番,然而,门背后除了钉住那只门环的螺丝帽外,什么也没有。他嘴里嚷着"呸!呸",同时把门砰的一声关上。

这声音像打雷一样在整幢房屋里回响。楼上的每间屋子,以及楼下地窖里的每一只酒桶,都似乎有一阵回声。不过,斯克鲁吉可不是那种会被回声吓倒的人。他把门闩上,经过穿堂,慢慢地走上楼梯,一边走一边修剪蜡烛芯。

楼梯虽然陈旧却足够宽,斯克鲁吉往楼上走,毫不介意楼道的黑暗。不过他在关上自己那厚重的房门之前,还是先巡视了各个房间,看看是否一切都安然无恙。那张脸给他的印象足以促使他这样做。

起居室、卧室,一如既往。没有人躲在桌子底下,也没有人躲在沙发底下,壁炉里生着火,汤匙和餐盘放得好好的,一小锅燕麦粥(斯克鲁吉在淌鼻涕)放在炉旁铁架上。没有人躲在床底下,没有人躲在厕所里,也没有人躲在那件挂在墙上、形迹可疑的晨衣里。储藏室里旧的火炉栏、旧的鞋子、两只鱼筐、一个三角脸盆架,还有一根拨火棒,也毫无异象,于是他心满意足地关上房门,用两把锁把自己锁在了里边。

他终于解下围巾,穿上晨衣和拖鞋,并戴上睡帽,在炉火前坐下来吃燕麦粥。屋里的炉火非常小,于是他不得不挨近炉火坐着。

这个壁炉很古旧,是很久以前某个荷兰商人造的,壁炉周围铺着别出心裁地用荷兰花砖拼成的圣经故事的图案。图案中有该隐和亚伯、法老的几个女儿、希巴女王、驾着羽毛褥垫般的云朵从空中降下的小天使、亚伯拉罕、伯沙撒和起航出海的使徒们千姿百态,栩栩如生。然而就在这时,死了七年的马莱的那张脸跑了出来。

"胡闹！"斯克鲁吉一面说着，一面往房间另一头走去。走了几个来回后，他才又坐下来，把头靠在椅背上。这时候，他的视线忽然接触到一只铃铛，以前这只铃铛是专门用来和这屋子最高一层楼上的一个房间联系的，现在已经不用了。

此时，他感到一种诡异的、不可名状的恐怖。那只铃铛开始慢慢晃荡起来，开头荡得很轻，简直没有一点声音，可是不久就响亮起来，使得整幢屋子里所有的铃铛都响起来。

铃声可能响了半分钟，也可能一分钟，甚至好像响了一小时。刚停了一会儿，铃铛又像之前那样响起来，过一会儿又静了下来。

接着，从地窖里传来阵阵噪声，好像有谁拖着一根沉重的链条。斯克鲁吉忽然想起曾听人说过，鬼屋里的鬼怪就是拖着链条的。

地窖的门砰的一声被撞开了，斯克鲁吉听见楼底下的声音更响了，似乎爬上楼梯，径直朝他的房间来了。

"真是胡闹！我才不相信呢。"斯克鲁吉嘴上那么说，脸色却不受控制地变了。

那东西一直穿过厚重的房门，走进屋子，来到他面前。与此同时，那奄奄一息的火苗突然蹿了上来，好像在说："我认识他！他是马莱的鬼魂啊！"然后就又恢复了刚开始的状态。

还是那张脸，一模一样。马莱扎着辫子，穿着经常穿的背心、紧身衣裤和皮靴。皮靴上的流苏像他的辫子，上衣的下摆和他的头发一样，是翘起来的。他拖着的链条很长，像一条尾巴盘绕在身上，构成那链条的东西（斯克鲁吉看得很仔细）有银箱、钥匙、挂锁、账簿、契据，以及沉重的钢制钱袋。他的躯体是透明的，因此，斯克鲁吉看穿了他的背心，看到他上衣后面的两颗纽扣。

斯克鲁吉过去常常听见人们说马莱没有内脏，直到现在亲眼看见他才相信这句话。不对，即使现在他也不相信。虽然他把那个站在眼前的幻象看得十分透彻，虽然他感觉到那死人的冰冷的眼睛寒光飕飕，并且注意到那块从头包到下巴的方巾的质地——他先前可没有看到这块包布，但他还是不相信，并且和自己的直觉做斗争。

"喂！怎么啦！你找我干吗？"斯克鲁吉用像往常一样刻薄和冷酷的声调说。

"许多事！"是马莱的声音，毫无疑问。

"你是谁？"

"你该问我过去是谁？"

"那么你过去是谁？你真爱挑字眼儿——就一个阴魂而言。"斯克鲁吉说。

"我生前是你的合伙人雅各·马莱。"

"你能，你能坐下来吗？"斯克鲁吉问道，同时怀疑地看着他。

"我能。"

"那么，坐吧。"斯克鲁吉之所以问这个问题，是因为他不知道一位这样透明的鬼魂到底能不能在椅子上坐下来，如果不能，那鬼魂就有必要做一番尴尬的解释。

"你不相信我。"鬼魂判断说。

"我不相信。"斯克鲁吉说。

"除了凭你的知觉外，你还要凭什么才能相信我的真实性呢？"

"我不知道。"斯克鲁吉说。

"你为什么怀疑你的知觉呢？"

"因为，有一点点事情就会影响我的知觉。胃里稍微有些不舒服，我的知觉就会靠不住。你可能就是一小口没有消化掉的牛肉、一抹芥末酱、一小片干乳酪，或者一小片半生不熟的土豆。不管你是什么东西吧，你是油荤的成分总比是游魂的成分多！"

斯克鲁吉并没有多少讲笑话的习惯，这种时候，他心里实在也没有一丝一毫打趣逗乐的想法。事实上，他故意把话说得很漂亮，来作为一种分散自己注意力的方式，并且镇住自己的恐怖感，因为那种古怪的声音已经让他觉得骨髓里都惶恐不安了。

像这样坐着，不声不响地对着那双直愣愣的、玻璃球似的眼睛，斯克鲁吉觉得真是太糟糕了，何况鬼魂身上自带的那种地狱般阴森的气息也让人浑身不舒服。马莱本人当然感觉不到这一点，然而这是很显然的事，因为虽然鬼魂纹丝不动地坐在那儿，但它的头发、上衣的下摆和皮靴上的流苏都在漂浮，就好像被炉灶里的热气吹着似的。

"你看得见这根牙签吗？"斯克鲁吉为了把这个幻影木然无情的凝视从自己身上移开，哪怕移开一秒钟也好，重新转入攻势。

"我看得见。"鬼魂回答。

"你并没有朝它看。"斯克鲁吉说。

"尽管没有朝它看，可是我看得见。"鬼魂说。

"好吧！只要把这个吞到肚子里去，我这后半辈子，就会受到自己制造的一大群妖魔鬼怪的困扰。胡闹，我跟你说吧——胡闹！"斯克鲁吉吼道。

鬼魂一听到这句话，便发出一声可怕的喊叫，同时晃动着他身上的链条，声响是那样阴森、恐怖，斯克鲁吉不得不紧紧地抓住座椅，以免昏厥倒地。然而一切才刚刚开始，只见鬼魂解下缠在头上的绷带，将他的下巴颏垂到胸前！

斯克鲁吉双膝下跪，十指交叉地挡在脸前嘀咕道："天哪！可怕的幽灵啊，你为什么和我过不去？"

"世俗之人！你到底相不相信我？"

"我相信，我相信，不过为什么幽灵们到世上来走动，你又为什么来找我？"斯克鲁吉说。

"对于每一个人来说，他躯体里的灵魂都必须出去到他的同类之间到处行走，游遍四面八方。要是生前他的灵魂没有走动，那么死后就要罚他这样做。他的灵魂注定要浪迹天下——哦，我真不幸啊！还要眼睁睁地看着那些本来可以在世上享受，现在却分享不到的事物！"鬼魂又发出一声哀号，晃动着链条，搓着自己的双手。

"你为什么上着脚镣和手铐？"

"我心甘情愿地把它缠绕在身上，心甘情愿地佩戴它，这是我生前自己一环一环锻造的链条。难道你对这式样陌生吗？"

斯克鲁吉颤抖得更厉害了。

"你是否愿意知道,你自己身上缠绕着的那根东西有多重,有多长?七年前圣诞节的时候,它就足足有我这根这样重、这样长了。从那时候起,你又在那上面花了不少精力,现在它已经是一根极其沉重的链条了!"

斯克鲁吉看看他周围的地板,想找找那根所谓的铁链是否围绕着他,但是他什么也没有看到。

"雅各,老雅各·马莱,说些安慰我的话吧,雅各。"他哀求道。

"我没有这种话好讲,埃比尼泽·斯克鲁吉,安慰要从另外一个世界,由另外一些使者传送给另外一类人。我也不能把我想告诉你的话都告诉你,允许我说的话只剩下很少了。我不能休息,我不能耽搁,我也不能在任何地方逗留。过去,我的灵魂从来没有走出我们的账房——注意我的话!生前,我的灵魂从来没有越过我们那银钱兑换的窗口,而现在那令人厌倦的游荡行程就展示在我的面前!"鬼魂回答。

斯克鲁吉有一个习惯,每当他考虑问题的时候,总要把双手插在裤子口袋里。这一会儿他又这样做了,思索着鬼魂刚才说的话,不过他没有抬起眼睛,仍没有站起来。

"你的行程一定很慢,雅各。"斯克鲁吉说。他带着一种一本正经的神情,虽然也带着谦卑和恭敬。

"慢!"鬼魂重复他的话。

"死了七年,你用所有的时间旅行了?"斯克鲁吉忖度着。

"全部时间,没有休息,没有安宁,受到永无休止的悔恨的折磨。"

"你走得快吗?"斯克鲁吉问。

"驾着风的翅膀。"

"七年之中,你大概已经走过很多地方了。"

鬼魂听到这句话,又发出一声喊叫,同时把链条在死一般静寂的黑夜中弄得当啷作响,让人不禁打个战。

"我拴着,绑着,戴着双重的脚镣和手铐啊,不懂得那些不朽的人物千百年来为这个世界所进行的无休止的劳动,在其好处完全发扬光大以前,就会消失在永恒中;不懂得任何一个善良的基督教灵魂在小小的范围内工作,不管那是什么工作,都会觉得有限的生命太短,不够发挥自己有益的作用;不懂得一生中的机会错过以后,就没有办法让后悔来弥补损失。我过去就是那样!就是那样!"鬼魂说道。

"不过你过去一直是一位很好的生意人,雅各。"斯克鲁吉结结巴巴地说,他现在开始把这句话应用到自己身上。

"生意?人类才是我的生意,公众福利才是我的生意,慈善、怜悯、宽厚和仁爱这一切才是我的生意。"说着,鬼魂伸直手臂,举起链条,好像这就是一切徒劳无益的悲伤的根源,然后又把链条重重地扔在地上。

斯克鲁吉感到不胜惶恐,剧烈地战栗起来。

"听我说!我的时间快要完了。"

"我听着,不过不要对我太严厉!不要说得这般恐怖,雅各!我求求你!"

"我不打算告诉你,我真应该像以前一样悄无声息地坐在你的身旁,不该用这种你看得见的形式出现在你面前。"

这可不是叫人好受的话语,斯克鲁吉打着寒噤,抹去额头上的汗珠。

"我的赎罪苦刑并不轻松,我今天晚上到这儿来是警告你,你还有机会和希望避免同我一样的命运。这机会和希望是我设法给你带来的,埃比尼泽。"鬼魂接着说。

"你一直是我的好朋友,谢谢你。"斯克鲁吉说。

"你将要被三位精灵纠缠。"鬼魂继续说。

斯克鲁吉拉长了脸,用结结巴巴的声音追问:"难道这就是你说的机会和希望吗,雅各?"

"是的。"

"我——我想我宁可不要。"斯克鲁吉说。

"要是没有它们来访,你就不能奢望避免我现在的经历。明晚钟敲响一点的时候,你等着头一位来访者吧。"

"我不能让它们一起来,让这事就此了结吧,雅各?"

"后天夜晚同一时刻等着第二位,大后天夜晚 12 点的钟声最后一响停止的时候,是第三位。别想再看见我,为了你自己,你要记住我们的这次会面!"

鬼魂说完这段话,就从桌子上拿起包布像原来那样把头裹起来。斯克鲁吉听到鬼魂的上下颌缠合在一起时牙齿发出的刺耳响声。他鼓起勇气抬起眼睛,只见鬼魂直挺挺地站在他面前,把链条一圈圈地绕在手臂上。

然后鬼魂开始往后退,每退一步,窗子就自动升起一点,因此,当他退到窗口时,窗子已经大开。鬼魂招呼斯克鲁吉走过去,他听从了。走到彼此相隔不到两步的时候,鬼魂举起手来,示意他不要再靠近,斯克鲁吉立即站住了。

这与其说是服从,还不如说是出于惊讶和恐惧,因为在那只手举起来的时候,他听到从空中传来的嘈杂声。那是断断续续的哀悼和悔恨的声音,是无法形容的悲伤和自怨自艾的哭泣。鬼魂静听了一会儿后,就飘到窗外那凄凉而又黑暗的夜空中。

斯克鲁吉跟到窗口,好奇心使他不顾一切向外望去。空中布满了各种惶恐不安的幻象,匆匆忙忙地飘来荡去,一面走,一面呻吟。

每一个幻象都像马莱的鬼魂那样带着链条,有的几个(可能是犯了罪的官吏)被锁在一起,没有一个是自由的,有不少在世时还是斯克鲁吉认识的。其中一个老鬼魂穿着一件白背心,脚踝上缚着一个巨大的铁质保险箱,他看见石阶上坐着一个怀抱婴儿的女人,他因无法帮助她,而伤心地哭泣着。很明显,这些鬼魂的痛苦在于他们想善意地干涉人间的事务,可是已经永远丧失了这种能力。

究竟是这些东西渐渐消失在迷雾之中,还是迷雾吞没了他们,斯克鲁吉也分辨不清。他们连同他们灵魂的声音一起消失了,黑夜变得和斯克鲁吉刚回家的时候一样静。

斯克鲁吉关上窗子,然后查看鬼魂到底是从哪儿进来的。门还是像他亲手锁上时那样是两把锁锁着的,门闩也没有被动过。他正想说一声"胡闹",可是刚说了头一个字就顿住了。

由于他刚才情绪太过激动，或者由于白天的疲劳，或者由于他瞥见了那个冥冥的世界，或者由于和那个鬼魂乏味的谈话，或者由于时间太晚，他现在十分需要休息，他径直走到床边，衣服也没有脱，一倒下去便睡着了。

史林克顿的阴谋

屋里弥漫着一股刺鼻的腥味,与此同时,史林克顿突然剧烈地抽搐起来,像要奔跑起来一样痉挛着。过了一会儿,他突然倒在了地上,把屋子里那些古老笨重的门窗也震动了。他死了,死状是那样恐怖,但又理所当然。

退休前我是一家人寿保险公司的总经理,在工作的三十多年中,我经历了不少离奇事件,下面就让我讲一个发生在现实世界中的离奇故事吧。

每个人的个性都像是书里面的内容,想要了解一个人,就要把他的相貌和举止结合起来深入研究,这样才能领会那些表情下隐藏的真实情感。

这就像一个人愿意把许多时间和精力花费在学习音乐、希腊文、拉丁文、法文、意大利文和希伯来文上,却从不关心教师在教他时脸上的表情,事实上,这种事情发生的可能性是极大的。

就我个人来说,虽然我每次都不会看错一个人的脸,因为我都是通过正确地分析一个人的面貌和举止来建立对一个人的第一印象,但是我还是多次受骗,并且一再受骗。在骗我的人中,朋友骗的次数比其他各类人多得多。我的错误就在于,我容忍这些人接近我,对我说花言巧语,混淆黑白是非。

我工作的地方在伦敦城区,在那里我有一间私人办公室,那是一间用厚玻璃板与外面的大办公室隔开的房间。通过这层玻璃板,虽然我无法听到大办公室里的声音,但是能够看到大办公室里人们的活动。其实原本这幢房子里是没有玻璃板的,那儿一直是墙壁,是我把它变成了玻璃。现在我自己也不知道,当初我做这个决定是不是为了让我能够面对前来洽谈业务的陌生人而不受任何干扰地工作。我要感谢这面玻璃板，因为它使我所工作的人寿保险公司避免了人类中最狡猾、最残忍的人的蒙骗。

这个离奇故事的主角——那位先生，我就是通过玻璃板第一次看到的。我没注意到他什么时候进的屋子。他是一名四十岁左右的男子，皮肤很黑，穿着一身十分精致的黑色西装，他的头发梳得整整齐齐，笔直地从正中分开。他把帽子和伞放在宽阔的柜台上，同时俯下身子从一位办事员手中拿了几张纸。

他的手上戴着大小适中的黑山羊皮手套，而他那条笔直的头路正对着办事员。我仿佛看到他对办事员说：我讨厌别人违背我指定的轨道，请相信你看到的我的样子，沿着我指给你的这条路走吧。

这个人让我感到厌恶，从他的举止来看，他是来要几份表格的，办事员一边向他解释表格的内容一边把表格递给他。他的脸上堆起了感激和欣慰的笑容，眼睛里露出快活的目光，直视着办事员。很多人认为，坏人是不敢正视你的脸的，这纯粹是一种谬论，只要有利可图，坏人是什么都敢做的。

就在我观察他的时候，我意识到他发现我在看他了。原因是他脑袋上的那条头路立即转向了玻璃板壁，把他刚刚对办事员说的话对我又说了一遍——不要违背我，走我指定的路。

他走后，我把刚刚接待他的那个办事员叫到了办公室里，问："刚刚那个人是谁？"

那个办事员叫作亚当斯，他拿着手里的名片对我说："那是住在中堂法学会馆的朱利叶斯·史林克顿先生。"

"亚当斯，他是一个律师吗？"

"我想不是的，先生。"亚当斯答道。

"他看上去像个牧师，可惜和我们没有缘分。"我说。

"他戴着精致的白领巾，内衣也非常考究。"亚当斯答道，"他可能准备成为一名牧师。"

说实话，我不关心他要干什么，我只想知道他来这做什么。亚当斯告诉我,他是来要一张投保单和一份查询表。奇怪的是,他的介绍人是我的一位朋友,我却从未听那位朋友提起过他。亚当斯还告诉我,这名男子说与我还不认识,所以才没有来打扰我,真是个能说会道的家伙。

那天以后不到两周,一位经商的朋友邀请我吃饭,他是一个喜欢收藏书画的风雅的人。在他邀请的朋友中,我见到的第一个人便是朱利叶斯·史林克顿,这时我终于知道亚当斯说要介绍去我那里的朋友是谁了。史林克顿站在壁炉前,脸上总是一副开诚布公的表情,但是我依然觉得他在要求每个人都要按照他规定的方式行事。

史林克顿见到我很高兴,他要求我的朋友介绍我给他认识,他没有说什么久仰之类的话,也没有夸张的举动,只是表现出认识我让他感到很高兴。

我的朋友以为我和史林克顿已经认识,但是史林克顿非常诚恳地表示,他只是到我的公司去咨询过一些小事,他不想为此打扰我。当然我告诉他,只要是朋友介绍的,我都乐于接待。听到我这样说,他表示非常感激,并说下一次也许真的会来拜访我,因为他确实有些事情想和我商量。

想到他上次来时要了我们的投保单和查询表,我想应该是他想参加人寿保险。然而,他说只是替一个朋友了解一些情况,他并不十分愿意为朋友打听这些事情,因为这总是要去麻烦别人的。他觉得人们总是反复无常、自私自利、无情无义的。他的这些观点我不能完全赞同,但是在他的头路的指向下,我只能表示赞同,这让我觉得不舒服。

在我们等待晚饭的间隙,史林克顿神秘地问说:"你们保险行业最近是不是蒙受什么重大的损失了?"这个问题让我感到很奇怪,我一下子想到了钱,他却笑着说损失不是指钱,而是指人才和活力。这让我感到困惑,想了一会儿依然不知道他指的是什么,只能表示我没有发觉。

这时他提到了一个名叫梅尔塞姆的人。一瞬间我明白了,梅尔塞姆是无价公司的年轻统计员,那是个知识渊博,有见识又勤奋的年轻人,在人寿保险这个行业中,他是一名杰出的人才。我夸张地表现出对梅尔塞姆的器重和钦佩,因为我觉得史林克顿态度暧昧,想要贬低梅尔塞姆。

因为他那条整齐的头路好像是这样说的,同时要求我不要违背它的意思。我谨慎地询问史林克顿是否认识梅尔塞姆,否则为何会在这里提到这个人。

"我只是听说过他而已,如果我能和他结识,我想那将是我的荣幸,可惜的是,也许我永远无法如愿以偿了。真是可惜,他还不到三十岁,正值壮年,却再也无法工作了,人啊,就是这么脆弱。"史林克顿这样回答我。

他的语气虔诚而诚恳,像是要征求我的意见一样,但是我心里却是想着,我偏不要让你得逞,我是绝对不会顺着你的意愿去说的。于是我直截了当地问他:"史林克顿先生,你知道什么内情吗?"

对于我的询问,史林克顿先是向我解释说大多数的说法都是一些无稽之谈,而他对于谣言的态度是绝不轻信也不会传播,虽然他并不相信这些流言蜚语,还是告诉我他听说的传言:梅尔塞姆之所以不顾他的职务和前途,是因为他在爱情上遭遇了一些挫折,这使得他非常伤心。最后史林克顿还告诉我,他并不相信这样一个杰出的人会因此而一蹶不振。

对于这样的理由,我却觉得是能够理解的,因为再杰出的人面对死亡也会变得苍白无力的。史林克顿充分地表现出了他的同情心,他表示说没有听说梅尔塞姆的恋人死了,他仿佛一下子理解了梅尔塞姆那么伤心的原因。他一直喃喃地说:"这真是太惨了,太惨了!"

我还是认为,他的同情并不全是真的,我相信在他的内心里一定还隐藏着一些我还不理解的嘲笑。就在这时,宴会要开始了,我们也即将像其他的闲谈者那样分手时,他告诉我,他之所以这样关注梅尔塞姆的原因是,最近他也遇到了死亡的威胁。一直与他相依为命的两个漂亮的侄女中的一个死去了,她才刚刚二十三岁,还很年轻,到现在死亡的危险依然盘旋在他的头顶,因为那个还活着的侄女——死去女孩的妹妹也很虚弱。

听着他深情地讲述,我在心中谴责我的冷漠。因为我的坎坷遭遇,在生活中,我失去了很多,而我得到的又非常少,所以冷漠和猜疑已深入我的心头,我不再信任他人,因而我得到了一颗冷酷的防人之心。原本我已经对自己的这种心理习以为常了，但是这场谈话让我对自己感到了厌恶。

在酒席上，我一直注意着史林克顿，听他讲话，观察别人有些什么反应。我看到他总是悠闲自在而又从容不迫地使自己的话题适合交谈者的认识和习惯，他了解每一个人的心思，总能找到适合对方的话题，赢得别人的好感，同时又好像一无所知，提起某个话题只是为了向对方讨教似的。就像他在与我谈话时，他总能轻而易举地提到我最了解也最感兴趣的内容一样。酒席上有着各种各样的人，不论什么样的人，他都能应付自如。

虽然他在不断地和别人讲话，实际上他讲得并不多。他是一个很好的倾听者，而且他所讲的话都是别人要他讲的。后来我也参加了一些与他的谈话，当然，我们谈得很投机。

喝完酒后我来到了会客室，询问主人与史林克顿先生认识了多久。我的朋友告诉我，他们认识不到一年，他是在一个著名画师的家中遇到史林克顿的。那个画师与史林克顿非常熟悉，那时史林克顿为了两个侄女的健康，准备带她们去意大利旅游，但侄女的死破坏了他的计划。

这时我相信他对梅尔塞姆的事情那样热心，真的是因为他有着同样的遭遇，而我却怀疑这样一个单纯、善良的人，我终于对自己感到气愤。这样的一个人，把他的相貌分开来看，每一个器官都是无可挑剔的，合在一起，更是让人无话可说。我只是因为他的头发正好在正中分开，勾出了一条笔直的头路便怀疑他，甚至讨厌他，这不是太不可理喻、太残忍了吗？

后来事实证明，我的感觉正确与否并不重要，但是一个人在观察别人时所发现的某些小缺点、所引起的强烈反感，虽然会对这一缺点有所夸大，但它也可能成为解开整个秘密的一条重要线索。

一天之后，我正坐在玻璃板的后面，像上次一样，他走进了外面的大办公室。透过玻璃板我能看到他，当然我听不到他的声音，不知道为什么我更加厌恶他了。这时，他挥动着那只戴着黑手套的手，闯进了我的办公室。

一进门，他就用非常诚恳的态度表示为了一点微不足道的小事来打扰我感到十分抱歉。我表示这没什么，询问他有什么事情需要我帮忙。他说没有什么，只是来询问他的朋友有没有送来保单。

第二天早上，我又看到了他，就在我刚打开写字台的抽屉时。这一次他没有在大办公室停留，直接来到了我的办公室。他一边把帽子和伞放在桌上，一边告诉我他的朋友委托他做投保单的证明人。他担心朋友为了回避问题而这样说的。我询问他朋友的名字，之后我知道了这个名字——贝克韦斯。

我走到办公室门口，询问正在拆阅信件的亚当斯，有没有贝克韦斯的投保书，有的话拿给我。亚当斯已把信件摊开，放在柜台上了，很快他就找到了阿尔弗莱德·贝克韦斯向我们提交的保险单。

我把保险单拿给史林克顿看，这是一份保险金额为两千英镑的保单，填写日期显示是昨天，地址是中堂法学会馆。史林克顿看后确定这就是他的朋友，他们住在一幢楼里，是对门邻居，但他从没想过自己会成为贝克韦斯的证明人。

史林克顿有些紧张，从口袋里掏出查询表，然后借用了我的写字台、笔和墨水。在回答每个问题以前，他都会先把问题念一遍，然后斟酌一下才写上答案。

"认识阿尔弗莱德·贝克韦斯先生多久了？"他扳着指头算算有多少年。"他有什么习惯？"史林克顿会自言自语地说，他滴酒不饮，而且过分注重锻炼身体。最后所有的问题都得到了让他满意的答案，他检查一遍之后，就用漂亮的笔法签了字。他觉得完成了自己的任务，我也告诉他，我们大概不会再有什么事情会麻烦他了，他感到很高兴，对我道谢后，就离开了。

史林克顿不知道的是，在他来见我以前，我其实已接待过另一位客人，在我的家中。那时天刚亮，我和那位客人在我的床前会面，只有我和我忠实可靠的仆人才见过那位客人。

因为公司规定要两份调查单，所以我们把第二份查询单送到了诺福克，不久这份调查单就寄回来了。当然这份调查单也对每个问题做了令人满意的回答。这样,在表格齐全的情况下,我们接受了投这份保的申请,收取了贝克韦斯一年的保险费。这份保单三月起开始生效。

在这之后的六七个月间,我没有再见过史林克顿,虽然他曾到我家中找过我,但我不在;他还邀我到法学会馆吃饭,遗憾的是我另有约会。就这样,我再次见到他是在九月末或十月初,那时我为了呼吸一些海边的新鲜空气而到斯卡伯勒度假,在海滩上遇到了他。

那是一个炎热的傍晚,他挽着一位外表高雅,穿着丧服,相当漂亮却脸色异常苍白的小姐。这就是他的侄女妮纳小姐。史林克顿邀请我一起散步,我欣然同意了,但是我也打定主意,绝不让那条笔直的头路左右我的决定。妮纳小姐走在我们中间,我们在海边凉快的沙地上漫步。

在路上,我们发现了一些手推车的车轮痕迹,史林克顿戏称这是妮纳小姐的影子。这令我感到惊奇,要知道,妮纳小姐的影子一直在她的身后,不应该是这些车轮痕迹的。

妮纳小姐告诉我,有一位生病的老先生一直跟着她,不论她走到哪里,都会看到他。当她把这件事告诉她的叔父史林克顿时,史林克顿就把这位老先生称作"她的影子"。

妮纳小姐和"她的影子"都是临时住在斯卡伯勒的。她和"她的影子"一样,身体都不太强健,因为总有些时候,他们互相见不到,因为他们两个不得不常常关在屋子里。妮纳小姐已有好多日子没见到"她的影子"了,但是不论她走到哪里,她都能遇到这位先生,就像现在,在这人迹罕至的海岸上他们又相遇了。

就在这时,我们前面出现了一辆由一个人拉的小车子,妮纳小姐认出这就是"她的影子",车轮划出轨迹带着车子慢慢地靠近我们,同时我们也渐渐靠近了车子。这时,我看到车上坐着一位老人,他的头垂在胸前,身上裹着各种东西。拉着车子的则是一个看上去非常安详又显得非常精明的人,他有一头铁灰色的头发,腿有些瘸。

当他们经过我们身边时,车子停了下来,车上的老先生一边喊着我的名字一边伸出胳臂,我想这应该是我的一位朋友,于是我和史林克顿和妮纳小姐暂时分开。我走过去,和那老人交谈起来。大约五分钟之后,我又重新和他们会合，史林克顿和他的侄女焦急地想要知道妮纳小姐的影子是谁。

"哦，他是班克斯少校，东印度公司从前的一个董事，他与我们第一次相遇的那位朋友很熟。"史林克顿表示他从未听过这个人，于是我告诉了他们关于班克斯少校的事情。

他非常有钱，是一个和蔼可亲又通情达理的老先生，但是他已经很老了，同时他的腿脚不好，所以会到处散心。他对妮纳小姐很感兴趣，因为他看到了她和她叔父之间的感情，事实上我刚刚就是在和他谈论这些。

我的话大概让史林克顿很高兴，他把帽子拿在手里，举起手摸了一下那条笔直的头路，这一次他似乎走在我的道路上了。他温柔地挽着侄女的胳膊，告诉我，他们感情是很深的，因为他们的亲戚很少，他们是紧密地联系在一起的，他们有着共同的回忆和共同的忧伤，他相信他们之间的关系永远不会变得冷漠或淡薄。史林克顿的话让妮纳小姐感动得落下泪来。

可怜的妮纳小姐伤心得不能自已。这使得史林克顿的心情也极其悲痛，他为了恢复精神就到海边洗海水澡去了，于是我和妮纳小姐单独留了下来。我们坐在一块突出的岩石旁边，妮纳小姐像史林克顿希望的那样怀着深信不疑的心情向我全心全意地称赞着他。

她告诉我，他怎么关心已经去世的姐姐，她的姐姐患的是慢性病，那是一种体力慢慢消耗的病，尤其是在弥留时期，各种荒唐的、可怕的幻觉充斥在她的头脑中，但是史林克顿在她病重的时候仍不知疲倦地照料她，从没对她丧失耐心，或者发过脾气，他总是对她温柔体贴、关怀备至。

她和姐姐都相信她们的叔叔是这世上最好的、最亲切的人，也是性格坚强、可敬可佩的人，他是她们最强有力的支持者。妮纳小姐恳求我，劝她的叔叔在她去世后能结婚，她希望他过得美满幸福。她坚信她的叔叔至今一直保持独身，是为了照顾她们姐妹。

班克斯少校的小车在潮湿的沙滩上又画了一个大圆圈，再度掉过头向我们拉了过来。我确认四周没有其他人，然后用手按住她的胳膊，告诉她处在危险之中，那危险就像我们面前的大海，现在是这么平静和安宁，但是在暴风雨来临时，也许就在今天夜里，它就会迸发出无情的力量，残忍无情地把一切挡在它面前的事物毫不怜惜地撕成碎片。

我的话使妮纳小姐感到恐惧，我要求她一分钟也不能浪费，随我去班克斯少校那里。值得庆幸的是，班克斯少校的小车子离我们很近，妮纳小姐离开岩石，在暴风雨还没过来以前，我们已经到达班克斯少校那里。

我把她送到之后，和她在一起的时间不超过两分钟，然后回到了刚才坐的岩石上，我看到妮纳小姐被一个手脚灵活的人半搀半抱着，从山壁上凿出的粗糙的梯级往上走。我知道，只要有那个人在她身边，不论到哪里，她都安全了，这时我才放心了。

我安心地坐在岩石上，等史林克顿回来。等到夜深了，他才回到岩石边，他把帽子挂在纽扣上，用一把小梳子梳理头路。

我告诉他，妮纳小姐觉得有些冷，先回家了。这让他感到诧异，因为妮纳小姐从不自作主张的。于是我告诉他，是我劝妮纳小姐这么做的，因为她的身体不好，不适合长时间待在外面。

听了我的话，史林克顿对我表示了感谢，他没想到洗海水澡的地方那么远，而玛格丽特也就是妮纳小姐是那样虚弱，她姐姐夭折的阴影对她的影响正在逐渐加深，从她姐姐去世到现在，她的身体毫无起色。

就在我们交谈时，班克斯少校的手拉车摇摇晃晃地越走越远了，史林克顿觉得拉车子的仆人一定喝醉了，他提醒我说我的朋友恐怕要摔出车子了。

看到他一直注视着车子，我感到十分紧张，只能告诉他，给老人当差的仆人有时难免会贪杯。直到车子消失在黑暗中，我才松了一口气。对于他觉得少校看来很轻的疑问，我也只是告诉他，少校确实很轻。

之后我们又聊了一会儿，我告诉他我今天夜里就回伦敦，他表示他也快回伦敦了。"是的，我知道你要回去了，"我在心里默默地说，"我很清楚你要干什么，但是我绝不会告诉你，为什么我在你身旁散步时，右手一直按在口袋中的自卫武器上。我也绝不会告诉你，为什么夜深后我不肯与你在海边散步。"

后来，我们离开了沙滩，各自回到自己的住处之前，他又一次提到了梅尔塞姆，他询问我梅尔塞姆是不是已经死了。我告诉史林克顿，上次我听人谈到他时，他还没死，但消沉潦倒，恐怕也活不长了，而且他绝没有希望重操旧业了。这个消息似乎让史林克顿非常伤心，他悲叹了一会儿才离开。望着他离去的背影，我有很多事没有告诉他，他有他的路，我有我的路，而且我们是绝不会走到一起的。

在此之后，我再没有见过史林克顿，直到十一月的下半月，那是我最后一次见到他。

那一天，我和中堂法学会馆的一个住户有一个非常特殊的约会，我要在那儿用早餐。那天的天气十分糟糕，清晨十分寒冷，街上的冰雪和污泥有几英寸深。我叫不到车子，只能慢慢地步行，没多久膝盖就湿了，即使这样我也必须前去赴约。

和我约好的人住在中堂法学会馆顶层的一套住房里。那是两间阴暗、沉闷，使人窒息，不合卫生条件的屋子，里面的家具已经褪色，也很肮脏，屋子里凌乱不堪，散发出浓烈的鸦片、白兰地和烟草混合在一起的味道，壁炉围栏和火钳等也都布满了难看的锈斑。一间屋子外边门上写的名字是阿尔弗莱德·贝克韦斯。对面的门上写着另一个名字——朱利叶斯·史林克顿。两套房间的门都敞开着，因此在一套房间里讲话，另一套里也能听得到。

我走进贝克韦斯的屋子。在安排好早餐的屋子里，我看见贝克韦斯斜躺在靠近壁炉的沙发上，他穿着一件破破烂烂的睡衣，桌上什么也没有，只有白兰地、腌鱼和一块撒满胡椒、不堪下咽的炖肉。他一副标准的酒鬼模样，一看就知道已经这样子很久了，大概离死也不远了。他见我到了，就摇摇晃晃地站起来，一边叫嚷着让史林克顿来喝酒，一边疯狂地敲打火钳和煤块。在铁器的击打声中，史林克顿一边答话，一边走了进来。然后他看到了我，这个让他出乎意料的人。我见过很多弄虚作假的骗子目瞪口呆的样子，但是像他这样惊慌失措的我还是第一次见到。

贝克韦斯摇摇晃晃地站在我们中间，为我们做介绍。他说，史林克顿是他的心腹朋友，为他免费提供各种烈性酒，把他的茶或咖啡全都丢掉了，把所有的水壶倒空统统装上了酒，早、中、晚从不间断。贝克韦斯屋中的炉灰似乎已经好几个星期没有打扫，他摇摇晃晃地从灰烬上拿起一个锈迹斑斑的平底锅，交给史林克顿，要求他煮白兰地。贝克韦斯的动作一下子变得这么粗暴，我担心他会拿它打破史林克顿的脑袋。于是我伸手挡住了他。贝克韦斯一个趔趄，跌坐在沙发上，他的眼睛红肿，身子不停地哆嗦。他不停地要求史林克顿照规矩供应早饭、午饭、茶点、晚饭，煮白兰地。

对于我的出手帮助，史林克顿表示感谢，同时也对我表现出了敌意，尤其是当我问到他的侄女时，他狠狠地瞪了我一眼，当然我也狠狠地瞪了回去。他告诉我，他的侄女忘恩负义，背叛了他，没有留下一句话就跑掉了。他相信她是被人骗了，对于他的说法我表示赞同，事实上我知道她是被哪个坏人设计骗走了。

沉默了一会儿，史林克顿说他愿意对我实话实说，因为我也是个懂得人情世故的人，这一次是我输了，希望下一次我能交到好运。对于他的实话实说我是完全不相信的，我告诉他，我了解他是个什么样的人，我知道他从未对任何人说过实话。

史林克顿很镇静地告诉我，他知道我来的目的，我想要挽回公司的损失，我不想赔偿贝克韦斯的保险金，但是这些在他这是行不通的，他可不是那么容易被糊弄的。因为只要调查一下就能知道，贝克韦斯沾染上目前这些恶习的时间，和他那些语无伦次的胡说八道都是在投保之后才出现的。

他这么讲时，贝克韦斯把刚斟好的一杯白兰地全都泼到了他脸上，接着又把杯子也扔了过去。白兰地把他的眼睛弄迷糊了，酒杯又砸破了他的额角。伴随着杯子破碎的声音，又有人走进了屋子。这是一个非常安详又显得非常精明的人，他有着铁灰色的头发，脚有些瘸。他关上了门，守在门前。

史林克顿花了不少时间整理自己，他拿出手绢按住刺痛的眼睛，又拭掉了额上的血。也就是在这段时间里，贝克韦斯发生了巨大的变化，他不再喘气和战栗了，他坐得笔直，眼睛死死地盯着史林克顿，脸上充满强烈的厌恶。

贝克韦斯说："你这个流氓，现在你仔细地看看我，这是我为你布下的陷阱。我租了这些房子，装成一个酒徒，住在这里，就是为了引你上钩。如我所言你中了计，你将再也无法脱身，必须接受惩罚。你一直以为那两千英镑你已经唾手可得了吧？你原本想用白兰地害死我，但是你又嫌白兰地不够快，你这个杀人犯和骗子，总是趁夜深人静时独自溜进这儿，你以为我失去了知觉，以为我没有看到你从小瓶子里朝我的杯子里倒什么吗？实话告诉你，每次我都把手按在手枪的扳机上，只要轻轻一下就能让你的脑袋开花！"

这突如其来的变化使得史林克顿一时慌了手脚，他手足无措地看着一直任他宰割的贝克韦斯，怎么也无法想象对方是怎样变成这样一个强硬且充满决心的人。同时，他也不明白为什么事情会变成这个样子。

其实，那天早晨，就是史林克顿最后一次来我办公室那次，我在家中见过的访客，正是贝克韦斯。所以，当史林克顿来我的办公室时，他的阴谋我已经一清二楚了，我和贝克韦斯决定将计就计，引他上钩。

史林克顿是一个处心积虑的恶人，他是不会洗心革面、幡然悔改的，他和所有的恶人一样一意孤行、不知悔改。证据就是，最初的慌乱之后，他虽然脸色苍白、憔悴，但是立刻变得满不在乎，并且相当冷漠和平静。

在接下来的时间里，贝克韦斯说出了所有的真相。

贝克韦斯和史林克顿的相遇并不是偶然，事实上贝克韦斯在租下这些房间之后，故意出现在史林克顿回家的路上，他故意给史林克顿机会。贝克韦斯相信史林克顿会上钩，因为他利用人们对于第一印象的错觉，他的外表让史林克顿假想出了一个贝克韦斯，这个贝克韦斯很好掌控。贝克韦斯之所以能做到这点，是因为他非常了解史林克顿这样做的原因是为了一个曾毫无保留地信任史林克顿却被他杀害的少女，同时也是为了拯救另一个正一步步走向死亡的少女。

史林克顿拿出鼻烟匣，笑着拿出一撮鼻烟，贝克韦斯则是一直攥紧双拳，直直地盯着史林克顿，说："你这只愚蠢的狼！你没想到吧，你以为的酒鬼其实连五十分之一的酒都没有喝过，我把它们都倒掉了，倒在这儿，倒在那儿，倒在任何地方。你想不到吧，我几乎就是当着你的面这么做的，你以为你雇了人监视我，就可以高枕无忧了，我真的会拼命喝酒吗？你不知道吧，你雇佣的人还没干三天就被我收买了，因为我出的钱更多。为了让你放松警惕，哪怕你用脚踢我，我也决不还手，我成功了，我了解你，但你完全不知道我的底细。"

就是这样忍辱负重，贝克韦斯才能彻底掌握史林克顿的计划。每次史林克顿来贝克韦斯的房间下药，贝克韦斯都任他安然无恙地离开。而不到一个小时或者仅仅是几分钟之后，贝克韦斯就已进了史林克顿的屋子，趁着他睡熟的时候，把手伸到史林克顿的枕头下，检查他的文件，从他的瓶子和药粉袋中取出样品，替换成别的东西。因此，贝克韦斯才知道了史林克顿的秘密。

听到这些时，史林克顿有些慌乱了，他又取了一撮鼻烟，但是这些鼻烟从他的手指中间慢慢掉到了地上，他只能用脚将其擦掉，这之后他的眼睛就一直注视着地面再没有抬起来。

贝克韦斯的叙述还在继续，他告诉我们，他宁可跟老虎打交道，也不想和恶毒的史林克顿打交道。他可以随时自由地出入史林克顿的住处，同时他有一把万能钥匙，能打开史林克顿屋子的每一把锁，所以他化验了史林克顿所有的药剂，证明那些全部都是毒药。他也解读了史林克顿写的一切暗号。

史林克顿毒害一个人需要多久才能完成，药的剂量要多少才行，需要多长时间一次，使用药物后人的精神和身体会逐渐出现什么样的衰退迹象，引起什么样的病态幻想、什么样的变化和机体的痛苦……所有的一切贝克韦斯都十分清楚，因为史林克顿有一本每天记录的日记，这是为了给他提供经验，供他今后使用的。那本日记，贝克韦斯相信史林克顿已经永远不能在写字台那有弹簧锁的抽屉里找到它了。因为它已经在贝克韦斯的手里了。

史林克顿不再用脚擦地板，他抬起头，说贝克韦斯是一个贼。

贝克韦斯没有理会他，只说了一句让史林克顿崩溃的话，他说："再告诉你一件事吧，我就是你侄女的影子。"

听到这里，史林克顿发出一声咒骂，用手狠狠地揪下了自己的假发，再将它们狠狠地扔在地上。他那条从我认识他时就一直妄图指挥我的头路也彻底完蛋了，当然我也相信他不会再用到它了。

贝克韦斯告诉史林克顿说："我一直在密切监视你的一举一动，包括你那个侄女。"

在他们最后一次去斯卡伯勒的前一夜，贝克韦斯就拿到了日记，并在那天夜里读完了史林克顿手腕上系着的瓶子里的手稿，然后将内容告诉了我，因为我是他的暗中帮助者。现在站在门口的这个人，也是在海边推着车子的人就是我那忠实的仆人。贝克韦斯就是班克斯少校，就是我们三人一起救出了妮纳小姐。

史林克顿看着我们，他步履蹒跚，小心地向四周窥视着，就像一只想寻找一个可以藏身的地洞的小爬虫。他的身上好像发生了一些异样的变化，仿佛整个身子在衣服里一下子塌陷了，使得衣服走了样子，很不合身。

贝克韦斯继续平缓地述说着："现在，我要让你知道为什么我要这样对待你，为什么我会这样跟踪你，为什么桑普森先生所在的保险公司会承担跟踪的全部费用，而我宁愿自己负担一切，让你感到痛苦和害怕的。"

这时的史林克顿除了之前我看到那些变化之外，他的呼吸突然也变得急促起来，好像喘不过气来一样。

贝克韦斯依然盯着史林克顿，说："你和桑普森先生提到过好几次梅尔塞姆吧，那个可怜的人，正是那个被你害死的甜蜜姑娘的恋人。在你把那个信任你的女孩带往国外，把她送进坟墓之前，你允许她到梅尔塞姆的办公室找他。但是在你的狡猾安排下，会面的条件和环境都十分不利，结果梅尔塞姆虽然见到了恋人，却没能挽救她，即使他愿意付出自己的生命去拯救她。在他深爱的女孩被你害死之后，他只剩下一个目标，那就是为她报仇，让你为自己的罪恶付出代价。"

史林克顿萎靡地站在那里，只有鼻孔在一上一下地颤动。

贝克韦斯继续说道："梅尔塞姆知道，只要他以最大的忠诚和热情全力以赴，就可以让你走上毁灭的道路，在他的复仇中你是不可能逃脱他的惩罚的，他将复仇作为生活的唯一目标，他要把你从世人中清洗出去。现在他完成了自己的任务，是的，我就是梅尔塞姆。"这时的史林克顿无神地望着贝克韦斯，不，应该是梅尔塞姆，他的呼吸变得喘息不定，似乎马上就会断气一样。

梅尔塞姆告诉他："以前你看到我，但不知道我的真实姓名，现在你知道了我的真实姓名，你还能看到我两次，一次是在你受到审问，要付出生命作为代价的时候，另一次就是在绞索套上你的脖子，群众大声咒骂你的时候！"

梅尔塞姆说完，史林克顿想要逃避什么似的张着大嘴，别过了脸，这时，屋里弥漫出一股刺鼻的腥味，与此同时，史林克顿开始剧烈地抽搐起来，他像要奔跑起来一样痉挛着。过了一会儿，他突然倒在了地上，把屋子中那些古老笨重的门窗也震动了。他死了，这就是他应得的结局。

我们三人离开了房间，梅尔塞姆带着困倦的神情告诉我，自己在这世上已经没别的事要做了，他期待着在其他世界和他的恋人相见。他一直在责怪自己没能拯救自己的恋人，失去她之后，他的心就已经碎了。他对生活毫无留恋，已经心灰意冷了。虽然我竭尽全力想要安慰他，但是完全没有用处。第二年的春天，他便死去了。我们把他安葬在他死去的恋人旁边。

梅尔塞姆把他的一切留给了妮纳小姐，她接替了梅尔塞姆的工作。我相信，妮纳小姐后来很幸福，因为她结了婚，当了母亲，而她嫁的人正是我姐姐的儿子。她现在活得很好，身体很健康，每次我去看她时，她的孩子们都会在花园里拿着我的手杖当马骑。

陪审凶杀案

有一天，我打开更衣室的门，看见一个陌生人在更衣室的门里向我招手，我吓得险些惊叫出声，而那个陌生人竟然就是前几天那起凶杀案的……

一位诚实的旅行者，如果他曾经看到类似海蛇一样的奇异生物，就不应该害怕提到这件事。如果他有了一些奇怪的预感、冲动、幻想、梦境或其他一些显著的脑海印象，那么在他说出这些事情之前，他已好好地考虑过了。而对于一些人的沉默寡言，我把它们归结为与这些主题有关的含混不清。在进行客观创作的时候，我们不习惯交流对这些主观事物的经历。

不管怎样，在我所要叙述的事情中，我并不打算创立、反对或支持任何一种理论。我了解柏林图书出版商的历史，我曾经研究过大卫·布鲁斯特先生最近创作的那本《皇家天文学家》中妻子的案例，而且我还对我的朋友圈中出现的更为奇怪的想法进行过详细研究。

说到这里我必须声明一点，受害人（一位夫人）和我没有任何关系。有些人可能会错误地认为这是我个人经历的一部分，而这是毫无根据的，它与我的任何怪癖无关，也与我先前的任何经历无关，更与我此后的经历无关。

这件凶案刚被发现的时候没有任何嫌疑人，或者可以这么说——没有人认为那个随后被送上法庭的人会有重大嫌疑。因为在报纸上没有出现过任何对他的报道，由此可知，报纸也就不可能对他做出任何描述。我们必须记住这个事实。

吃早餐时，我打开晨报，继续关注着有关那件凶案的消息。我把那篇文章读了两遍，如果不是三遍的话。报纸上称事件是在一间卧室里发生的。当我放下报纸的时候,突然灵光一闪,我找不到一个词来描述我的状态——我经过自己房间的时候,仿佛看到了那间卧室,就像是一幅图画不可思议地出现在奔腾的河流上。尽管这一刻转瞬即逝,它还是相当清晰的,以至于我清楚地观察到床上并没有死尸。

在一点儿也不浪漫的地方,我也出现过这种古怪的感觉,那是在皮卡迪利大街的房间里,距离圣詹姆斯大街的拐角很近。当时我正坐在摇椅里,伴随着奇怪感觉而来的一阵颤抖,椅子开始晃动起来。(要说明的是,通过小轮可以轻易晃动摇椅。)

我走到一扇窗户前(房间在二楼,房间里有两扇窗户),看着楼下皮卡迪利大街上移动的物体,想让自己的眼睛放松一下。

那是一个明媚的秋日清晨,大街上欢快的人群川流不息。风很大,当我向外观望的时候,从公园那边吹来了几片落叶,一阵狂风卷着它们,打着旋。当风稍小些的时候,树叶就散落一地。我看到马路对面的两个男人,正从西侧走向东侧,他们一个紧跟在另一个身后。

前面的那个男人频频回头张望,第二个男人跟在他身后大约30步的距离,威胁性地举着右手。在大庭广众之下,这个威胁性手势的奇异和始终如一吸引了我的注意力,但奇怪的是,没有人注意到他们。他们在其他行人中穿梭前行,就我所能看到的,没有任何一个人给他们让路,和他们接触。

经过我的窗口时,他们都抬头注视着我。我仔细地打量了这两张脸,我确信,不论在什么地方,我都能再认出他们。走在前面的那个男人看上去愁眉苦脸的,跟在身后的那个男人脸色像不纯净的石蜡。

我是一个单身汉,我的男仆和他的妻子就是我的全部家当。我在一家银行上班,并希望自己作为部门主管的责任能像它们通常被认为的那样轻松。那个秋天,我被留在镇子上,那段时间我处于变化之中。我没有生病,但是自我感觉不好。我的工作快让我的疲倦感达到了顶点,并让我对单调的生活产生了压抑的感觉,另外我还有一些"轻微的消化不良"。我那颇有名望的医生向我保证说,我那时候的健康状态完全没有问题,我引用他诊断书中的话回答了自己的提问。

随着连环谋杀案的案情逐渐明朗化，其对公众情绪产生的影响也越来越强烈，身处对此问题的普遍关注之中，我尽可能让自己少了解其中的情况以免受到影响。但是我知道，警方已经对谋杀嫌疑犯提出了蓄意谋杀的罪名，而且已经将他送进监狱关押了。我还知道，以一般性偏见和准备辩护所需时间为由，他的审判已经被推迟到下一轮中央刑事法庭开庭。我可能还知道，但我认为自己并不知道，何时或大约何时，延期的审判将开始进行。

我的起居室、卧室和更衣室都在同一层楼，更衣室与卧室相连。事实上，更衣室有一扇门通往楼梯，不过那扇门早已被钉死了。

一天晚上，我站在自己的卧室里，在我的男仆临睡前对他做了一些指示。我的脸正对着唯一可以通往更衣室的那扇门，当时门是关着的，而我的仆人背对着那扇门。在我和他说话的时候，我看到那扇门打开了，一个男人很诚挚而又神秘地对我招手。那个人就是走在皮卡迪利大街上的两个男人中的后面那一个，也就是那个脸色像不纯净的石蜡的男人。

过了一会儿，那人向后退去，关上了那扇门。我毫不迟疑地穿过房间，打开了更衣室的门，向里看去。我的手上举着一支点着的蜡烛，但心里并没有指望能在更衣室看到刚才那个人，况且我确实没有看到他。

我知道我的仆人站在那里感到很迷惑，我转过身对他说："德里克，你相信吗，在我很镇定的情况下，我想我看到了一个……"正当我把手放在他手上的时候，他突然开始不停颤抖，说："哦，上帝呀，是的，先生！一个在招手的死人！"

当我碰到他的手的时候，他的变化如此令人吃惊，让我完全相信他在那一刻以某种不可思议的方式从我这里证实了我的所见。

我让德里克拿来一些白兰地，并为他斟了一杯，同时也给自己倒了一点儿。我把那人刚才在门口招手的表情和当时我站在窗口时他盯着我看的表情比较了一番，最后得出了结论：首先，他试图把他自己绑在我的记忆中；其次，他确保自己能够被立即回想起来。

第二天白天，我好好地睡了一觉，约翰·德里克在床边叫醒了我，手中拿着一张纸条。表面看上去，这张纸条在送信人和我的仆人之间经历了一番争夺。那是一张传票，要求我在即将开庭的中央刑事法庭当陪审员。

德里克知道，我以前从未被要求出席这样的陪审团，他认为那种级别的陪审团成员应当在比我等级低的工作行业中挑选，所以一开始他拒绝接受这张传票。送来传票的人非常冷静地处理了这件事情，他说，我的出席或缺席与他没有任何关系。于是，这张传票就到了我面前，我应当亲自来处理这件事情。

在前一两天的时间里，我都无法决定是回应这一传召，还是将它置之不理。不管怎样，我都没有意识到最细微的神秘的偏见、影响或是吸引力。最后，就当是打破我单调的生活，我决定出席陪审团。

预约的那个早晨是11月份中一个普通的清晨。皮卡迪利大街上弥漫着浓浓的棕色雾气，它逐渐变成黑色，在圣殿酒吧的东面颜色最重。我借着煤油灯的光亮找到了法院的走廊和楼梯，法庭上也点着煤油灯。

直到我被法警领着走进法庭，看到拥挤的人群前，我都不知道今天就是判决谋杀犯的日子。在我费力地挤进法庭前，我都不清楚应该参加两个法庭中的哪一个陪审团。只是这绝对不能作为一种肯定的断言，因为我对自己头脑中的任何一个想法都不满意。

我在陪审员等候的地方坐下了，我环视着法庭，感觉现场气氛沉重。我注意到高大的窗户外面凝结着一层窗帘一样的黑色水蒸气，我还注意到街道中车轮压在废弃稻草上那令人窒息的声响，还有聚集在一起的人群发出的嗡嗡声，人群中不时发出一声尖锐的口哨或相互打招呼的声音。

随后，两名法官走进来并坐下，法庭上的嗡嗡声立即停止了，谋杀犯被带到审判席上。他出现的那一瞬间，我认出他就是皮卡迪利大街上那两个男人当中走在前面的那一个。

如果有人那时候叫我的名字，我可能怀疑我是不是答应了。不过，在我的名字被点了6次或8次之后，我回过神来，答了一声："到！"当我走上陪审席的时候，犯人开始骚动起来，向他的辩护律师招手示意。犯人反对我的意愿是如此明显，以致法官不得不宣布暂时休庭，在这期间，辩护律师靠在被告席旁，和他的当事人耳语一番，并且摇着头。

随后我从那位律师那里得知了犯人说的话,这些话实在令人惊讶:"反对那个人做陪审员!"但是由于他提不出任何理由,并且也承认在我的名字被提起之前他从未听说过我,所以,他的反对也就无效。

基于已经解释过的理由,我避免想起那令人讨厌的、不受欢迎的谋杀者,而且由于他的详细审判情况对于我的讲述而言是可有可无的,所以,在陪审团成员聚集在一起的十天十夜中,我尽量让自己不去提起那些与我自身经历直接相关的事情。

我被选为陪审团主席。案件审理的第二天早晨,在进行了两个小时的举证之后,我无意间看了一眼其他陪审团成员,发现很难数清他们有多少人。我数了好几次,都数不清楚,奇怪的是总会多数出一个来。

我碰了碰坐在我隔壁的陪审员,低声对他说:"帮我数一下我们有多少人。"他对我这个要求很不解,但还是转过头去数。"为什么,我们有13——,不,那不可能。不,我们只有12个人。"他突然说。

根据计算,我们那天仔细数的时候,人数都是对的,但是粗略地看起来时,我们就总会多一个人。没有人出现,也没有其他人来解释这个现象,但是我有预感确实有人来了。

陪审团下榻在伦敦宾馆,我们发誓要一直与保护我们安全的警官在一起。当然,我没有理由隐瞒那位警官的真实姓名。他很聪明,非常有礼貌,而且负责任,在这座城市很受尊敬,他就是哈克先生。他的床铺就靠近房间门口。

晚上,上床睡觉之前,我看见哈克先生坐在他的床上,便走过去坐在他身边,递给他一小撮鼻烟。在接过鼻烟时,哈克先生的手碰到了我的手,一阵奇怪的颤抖流过他全身,他说:"这是谁?"

顺着哈克先生的目光,在房间的一端,我又一次看到了我见过的那个人——在皮卡迪利大街上两个男人中的后面那一个。我站起身来,向前走了几步,然后停住了,回过身来看着哈克先生。他显得非常冷淡,并以很高兴的口吻说:"一时间,我以为我们有13个人,不过我看那只是月亮的影子而已。"

我没有对哈克先生说什么,而是让他和我一起走到房间的尽头,我要看看那个人在做什么。他在另外 11 个陪审团成员身边靠近枕头的地方都站了一会儿,而且总是站在床的右手边,从另一张床的后端经过。

从他头部的动作看,他正焦急地看着每一张睡眠中的脸庞。他并没有注意到我,或是我的床铺。他似乎要从月光照进来的那个高大的窗口踩着空中悬梯走出去。

第二天早饭的时候,看起来每个人昨天夜里都梦到了那个被谋杀的人,除了我和哈克先生。我现在可以确定,皮卡迪利大街上走在后面的那个人就是被谋杀的那个人(可以这么说),仿佛他直接向我证明了这一点。

审判的第五天,在案件临近尾声时,受害者的一个小塑像被作为证据提交到法庭上。在案发现场,警察并没有在他的卧室中看到过这个东西,后来有人在一个隐秘的地方发现了它,而且那个人还看见凶手当时正在那里挖坑。经证人确认之后,它被送到法官席上,随后传至陪审团以供检视。

当一位穿着黑色长袍的警官拿着它从我身边经过时,皮卡迪利大街上的第二个男人从人群中一跃而出,从警官手中夺过塑像递到我手中,同时用低沉而空洞的声音说:"我那时候还很年轻,我的脸也没有被抽干血。"这一幕同样发生在我将塑像递给其他陪审员的时候,以及陪审员之间传递这个塑像的时候,但是,他们当中没有人觉察到这一点。在所有的陪审员传阅一遍后,塑像又回到了我手中。

后来,在餐桌边,当然,我们都处于哈克先生的保护之下,我们对今天的审判过程好好地讨论了一番。第五天,案件审判结束了。面对摆在我们面前的问题,我们的讨论既热烈又认真。陪审员中有一名教会成员——我所见过的最愚蠢的人,他对明摆着的证据提出了最荒谬的反对意见,还得到了两个优柔寡断的教区寄生虫的支持,这 3 个来自一个地区的陪审员狂热地认为,他们要对 500 名杀人犯实行他们自己的审判。

当这些头脑错乱的人大声宣扬他们的观点的时候,我们中的一些人已经准备睡觉了。这时,我又看到了那个被谋杀的人,他忧愁地站在他们身后,向我招着手。当我向他们走过去并加入他们的谈话时,他突然不见了。但这只是他在我们这个长长的房间里面频繁现身的开始。此后，无论什么时候陪审员聚集在一起，我都能在他们中间看到那个被谋杀的人。当他们的言语不利于他的时候，他就会严肃而又不能抑制地向我招手。

我注意到，在那个小塑像出现在第五天的法庭上后，我就再也没有在法庭上看到那个人出现过。现在那个人就出现在法庭上，只是他不再对我说话，而是冲着正在发言的人讲话。

在公开辩论的时候，有人暗示受害人的喉咙可能是他自己割断的。就在这时，那个人——他的喉咙就像被提及的那样（这里不得不提前隐去）——紧紧地站在发言人的身边，一次又一次地用手划过自己的气管，一会儿是右手，一会儿又换成左手，他强烈地向发言人暗示自己用任何一只手都不可能造成那样一个伤口。再比如，一位证人——一位妇女，说犯人是最和蔼可亲的人。在那一刻，那个人站在她面前，直直地看着她的脸，伸手指着犯人那张邪恶的面容。

让我印象最深的变化也是所有变化中最显著、最令人震惊的，我并没有将它理论化，我只是很精确地描述它，然后将它放在那里。

尽管那人的出现并没有被那些他对着讲话的人察觉，但是他靠近这些人时我总能发现他们在颤抖或心神不安。对我来说，这些迹象似乎是可以预防的，但依据法律，我没有向其他人揭示这一点的责任，而且他仿佛能够无形、无声地并且暗暗影响他们的思想。

当首席辩护律师暗示案件为自杀时，那人站在那位学识丰富的绅士旁边，锯开了自己已经受伤的喉咙，不可否认的是，辩护律师这时候突然支支吾吾起来，大约几秒钟的时间里都无法继续他的发言，他用手帕擦着前额的汗水，脸色变得异常苍白。当那位证人面对被害者的时候，她的眼神直直地顺着他手指所指的方向，非常犹豫地看着犯人的脸。

另外两个例子更具说服力。在审判的第八天，我和其他陪审员在法官返回之前一小会儿回到法庭。那人站在陪审席上看着我，我一直以为他已不在那儿，直到我无意间将目光转向走廊时才看见他向前弯着腰靠在一位非常端庄的夫人身上，好像无论法官是否回来，他都要确保自己为人所信服一样。

突然，那位夫人大叫了一声，晕了过去，随后被人抬了出去。同样的情况也发生在主持审判的那位令人尊敬的法官身上。当案件结束时，他整理了一下自己的衣服，并收拾好文件……突然，被谋杀的人从法官门中走进来，走到法官席前，非常急切地看着法官手中的文件。法官转过身来，脸上的神情发生了变化，他的手停在空中，紧接着我非常熟悉的一阵颤抖流过他的全身，他结结巴巴地说："请原谅，先生们，混浊的空气让我感觉不太舒服。"直到喝了一杯水后，他才恢复过来。

在单调的6天里，同样的法官坐在法官席上，同样的谋杀犯关在被告席里，同样的律师坐在桌边，同样的问题和答案回响在法院的屋梁间，同样的人流涌进涌出，有自然光的时候，在同样的时间灯就被关掉，下雨天落着一样的噼里啪啦的雨水，日复一日，狱吏和犯人在同样的木屑上留下同样的脚印——所有这些千篇一律的单调让我感觉自己好像已经做了很长时间的陪审团主席，皮卡迪利大街在同样的时间里如巴比伦一样闪耀，我能够看到被谋杀的那个人每次的现身。

作为一个事实，我不能省略的是，当我叫着被谋杀人姓名的时候，我从未见过被谋杀的人看着那个杀人犯。我一次又一次地想："他为什么不去看他呢？"他从来都没有那么做过。

审判最后时刻来临时，晚上差7分钟就到10点的时候，我们退席商议。那个愚蠢的教会人员和那两个优柔寡断的寄生虫给我们带来了大麻烦，我们不得不两次返回法庭，请求从反复宣读的法官记录中摘录部分内容。我们陪审团中的9个人对这些记录毫不怀疑，我想法庭上的人也是这么认为的。

这时，被谋杀的人站在陪审席的正对面。当我坐下时，他极为关注地看着我，看上去很满意。当我给出陪审团认为"罪名成立"的裁决时，一切都不见了。

在执行死刑前，法官询问谋杀犯是否还有什么话要说，他模糊不清地嘀咕着什么，而他所说的话出现在第二天的报纸上，那只是一些断断续续的话语，好像是在抱怨对他的审判不公平，因为陪审团的主席对他有所反感。

实际上,他所说的话是这样的:"我的上帝呀,当那个陪审团主席走进来的时候,我就知道我是一个命运已定的人。上帝呀,我就知道他不会放过我的。因为,在我被捕之前,那天晚上他不知怎么来到我的床边,叫醒我,然后把一条绳索套在我的脖子上。"

鬼新娘

客厅里的房门一开一合,好像有谁进进出出,但是没有任何身影在那里。一个老人对我说,这个房间里住着一个鬼新娘,她生前经历了非常可怕的遭遇。就在这时,我仿佛陷入梦境当中,身体不能动弹,而她竟出现在我的面前……

无论是过去、现在还是将来,那都是一幢独一无二的房子。老式的雕刻、古旧的楼梯间以及红木隔绝起来的回廊,处处散发着神秘的气息。而那红木墙壁里深埋着的秘密,更使那幢房子充满了神秘感。

古尔桥先生与艾多先生穿着同样黑色的衣服来到这里,当他们踏进富丽堂皇的门廊时,见到了6位安静的老人,这些便是接待他们的主人。他们随着主人上楼梯之后便进到客厅,楼梯间左右两侧的位置全被这些老人占据了。

窗外,天色已经暗淡了。

当屋内房门关上时,古尔桥先生满脑子都在想:这些老人都是什么人。为了一探究竟,他屋里屋外地仔细瞧,却一无所获。

随后的夜晚,是这两位朋友一起度过的,他们没再见到这几位老人中的任何一位。而同时另一件诡秘的事情引起了他们的注意:客厅的房门总是自己打开,随后自行关上,打开的时候,有时是开个小缝,有时又是完全敞开,有时悄无声息,有时又是突然被打开,客厅的房门保持原样的状态不超过15分钟。

无论他们做什么,看书、写字或是吃饭,甚至是睡觉,这扇门总是突然打开又自己关上,而这扇门的里外并无一人。这种情况发生了大概50次,古尔桥想那几个老人肯定有蹊跷,于是把自己的想法告诉了同伴艾多。

当夜色再度降临这所房子时，他们停止了写作，在此之前，他们已经创作了两三个小时。门窗紧闭的屋内，一片静谧。艾多和古尔桥在漫无边际地聊着，薄烟环绕之下，他们当然没有忘记那些神秘的老人。此时，古尔桥先生上紧手表发条，显然这一举动作用已经不大，在说话的过程中，指针最终停了下来。

艾多在沉默片刻之后忽然问："现在是几点？"

"一点。"古尔桥话音刚落，那扇门被打开了，一位老人站在门边。

"汤姆，这是6个老人中的一个！"古尔桥的低语没能掩住他的惊讶。

老人不紧不慢地问道："先生，您有什么指示？"

"我并没有摇铃呀。"（外国主人有要求时都会摇铃，仆人听见就会来服侍）古尔桥回答说。

"可是铃声响了。"老人口气强硬，声音里透着几分坚定。

古尔桥接着对老人说自己昨天见到了他，可老人的回答却是"不能确定"。

古尔桥还不死心，反问老人："你见到我了，不是吗？"老人给出的解释是："我可以看见很多看不到我的人。"

他就是这样一个冰冷的、缓慢的老人，形容枯槁，说话谨慎，双眼虽如火焰，却像是被螺钉固定而不能转动，眼皮似乎也被固定以至于不能眨眼。老人的出现使古尔桥感觉异常寒冷，他不禁打了个寒战。老人带上门进了房间，可他和一般人并不一样，与其说他坐在椅子上，倒不如说他像漂在水上的物体一般，被椅子接住了。

"我的朋友，艾多先生。"古尔桥焦急地说，他迫不及待地想让他的朋友艾多加入讨论以缓解紧张的气氛。

可老人头也不抬地说："我来替艾多先生回答。"

古尔桥十分无奈，只得说："如果你曾经是这地方的老住户……"

"是的。"老人给出了明确的答案。

"既然这样，也许你可以解答我和我朋友早上的疑惑。他们在这里吊死囚，没错吧？"

"我认为是。"老人答道。

古尔桥继续追问："那么当时，他们的脸是面对着壮丽的景色吗？"

老人答道："将你的脸转过去，面向城堡的墙壁，当你被绑住吊起时，就会看到石头在异常猛烈地膨胀和收缩，而你的头与身体和它一起剧烈地动着，接着就是天摇地动，城堡迅速移到空中，而你就从断崖边掉下去。"在说话的同时，老人不住地转着脖子，似乎领巾在烦恼着他，古尔桥再看看他肿胀的脸庞，感到极不舒服。此刻，古尔桥不觉得冰冷了，只觉得阵阵发热。

"多么强烈的景象啊。"古尔桥说。

"这的确是一种强烈的感觉。"老人回答。

古尔桥再一次望向艾多先生，但艾多倚靠着沙发背，眼睛专注地看着老人，没有任何表情，就像是被催眠了一样。这时候，老人眼睛里射出的火焰无疑穿透了古尔桥的内心，古尔桥记下了当时的景象，就在那个时刻，他真切地感到有股力量驱使他不得不盯着老人那双如火焰般的双眼。

"我必须告诉你这件事。"老人的眼神在冷酷之余多了几分恐怖。

"什么事？"

"你知道吊死囚的事在哪里发生的吗？就在那儿！"老人说。

顺着老人食指所指的方向，古尔桥更加困惑了，因为老人的手可以指向任何一个地方，无法确定是房间的上方、下方还是别的什么房间。对此，古尔桥感到疑惑。

老人的手一指，似乎在空中点燃了一道火焰，那么刺眼，"你知道她是个新娘吗？"古尔桥着实被老人的神态和话语吓住了，结巴地说："这里的空气……太……太沉重了。"

老人丝毫不理会古尔桥，自顾自地说着："她是个美丽的新娘，大大的眼睛，淡黄色的头发，看起来没有一丝心计，感觉很无助、很容易受骗，这点完全不像她的母亲，倒是与她的父亲有几分相像。"接下来，老人开始讲述有关这个新娘的故事。

当新娘还是个小女孩的时候，她的父亲就离开了她（父亲的死只是因为无助，没有任何其他的原因），女孩的母亲便保护着生活赐予她的一切。他出现了，他曾经和大眼睛、淡黄色头发的人交往，一个无足轻重却富裕的女人，但这女人把他扔在一旁，在女孩的父亲死后，他便重新开始和那位女性——女孩的母亲交往。他陪她跳舞，小心地伺候着她，承受着每一次她向他发的脾气，当他承受得越来越多时，就想得到她的一切，尤其是金钱上的补偿。

不巧的是，在他得手之前，女孩的母亲竟先死去了，而她的死亡充满诡异。有天晚上，女孩的母亲将手搁在头上，叫了一声，以僵硬的姿势躺了几个小时，然后就静静地死去了。

这一次，他还是没从她那获得一分一毫的回报。他憎恨她，渴望报复她。于是他伪造她的签名去签署各种文件，强行当她十岁大的女儿的监护人，只因她的财产都给了这个理所当然的继承人。为了金钱，他要这么做。他把文件偷偷地塞在她的枕头底下，并俯下身子朝着她冰冷的耳朵轻声地说："骄傲的女主人，你静静地走吧，我早已决定，不管你是死是活，你都要用金钱来补偿我。"

毫无疑问，现在只有两个人留了下来，即他和那个小女孩，那个淡黄色头发、大眼睛的女孩，而这个女孩在之后更成了他的新娘。他把女孩送进一所神秘又黑暗的学校，在那老房子里，陪伴在女孩身边的是一位处处防人又不择手段的女人。他对那女人说："去塑造她的灵魂吧，你可以帮我吗？"这个女人也想获得金钱，便接受了他的委托，最后也的确得到了。

恐惧之下的女孩觉得终其一生都无法逃离他的魔掌，这是她从小就被灌输的思想，要视他为自己未来的丈夫，这是由上天安排好的，是永远不能逃避的宿命。

此刻，我们的脑海中似乎可以浮现出这样的景象：这个可怜的女孩就像白蜡一般，随着时间而凝固，在这样暗无天日的房子里，她住了11年。他把烟囱塞住、把窗户遮上，任由藤蔓爬满楼前，任由苔藓长满果树。他就是要让这种凄凉的景象包围她，让她在极度恐惧时感受到他是她唯一的依靠。

就这样，女孩在他的魔爪下渐渐长大，21岁零21天大的女孩成了新婚三周的新娘，被他像玩偶一样带回那个阴郁的家。后来，他放弃了想要控制她的欲望。

在一个下雨的晚上，他们回到她成长的地方。女孩站在门槛旁，听着雨滴从阳台上滴滴答答落下。女孩说："先生，你听到了吗？这是我死亡倒数的滴答声。"

"嗯！"他回答。

"先生，对我仁慈一点，好吗？我乞求你的宽恕，如果你原谅我，我将为你做任何事！"

而他并不为所动，他对她只有鄙视。

女孩整日傻傻地哼着同样一句话：我祈求你的宽恕！这令他十分厌倦。

"上楼去，你这个白痴。"他呵斥着。听话的女孩在上楼的同时还不忘哼着"我将为你做任何事"。随后，他踏进了新娘房，看着墙角蜷缩成一团的女孩，凌乱的头发，惊恐的眼神。

"你到底有什么可害怕的，过来坐在我旁边。"

女孩依旧哼唱着："我将为你做任何事，我乞求你的原谅。先生，原谅我吧！"

"艾伦，记住，这份文件你明天必须完成，你写完并把里面出现的所有错误改掉，改正所有错误以后，把房子外面的那两个人叫进来，当着他们的面签名。然后好好保存，明天晚上你必须把它交给我。"

"我一定会小心翼翼地完成，我乐意为你做任何事。"

"那好，你不要颤抖。"

"我会试着尽量不要发抖，只要你原谅我！"

隔天，她按他的要求完成工作。他不时地回来监视她，看她就像个机器人一样，按照收到的指令完成每一个动作。在夜晚再度来临时，他们在新娘房里，他坐在壁炉旁，而女孩胆小地从远处的座位走向他，把怀里的文件交到他手上。这份文件保证了在她死后他将获得所有财产。他把女孩拉到眼前，简洁地问她是否知道这件事。而女孩只因白色的裙子沾到了文件上的墨点，便紧张起来。

"现在，去死吧！我已经受够你了。但我不会马上杀死你，我是不会危及自己的性命来换你的命的，去死吧！"他从容地对女孩说。她在畏缩的同时发出了压抑的叫声。

日子就这样一天一天过去了，在那阴郁的新娘房里，他僵坐在椅子上，皱着眉头，一言不发地望着女孩那双大而无神的眼睛。女孩在沉睡时，会被"死吧"的声音吓醒，当她发出乞求时，得到的回答仍是"去死吧"。

黎明来临时，她会听见"今天还活着"这类残忍的句子。

这样的日子在持续不长一段时间后，便因为一件事的发生而彻底结束了。那是一个起风的早晨，还没见着初升的太阳，一切就都结束了。由于手表坏了，他无法推测准确的时间，估计也就 4 点半左右。半夜，女孩突然大叫一声，这是女孩为摆脱他而发出的凄厉叫声，这一声是挣扎的声音，也是女孩使出浑身力气尽情宣泄的声音，这样凄厉的声音使他不得不捂住她的嘴。

终于她安静了下来，蜷缩在墙角倒下。他依旧交叉着手臂、皱着眉头，黎明到来前的时刻显出前所未有的暗淡。他看着女孩拖着身躯，无力地走向他："先生，请你原谅我，我愿意为你做任何事！只要你让我活下来。"女孩还在做着最后的乞求。

"去死吧！"他一点也没心软。

"你如此狠心吗？难道没有挽回的希望吗？"

"去死吧！"

女孩睁大的眼睛透露着惊恐不安和无奈，面无表情地等待着死神的宣判。一切都结束了。他看着女孩如往日般凌乱的淡黄色头发，似乎看到了很多宝石闪闪发光，还有钻石。他把女孩抱到床上，随之一切真的都结束了。

和他当初预计的一样，他获得了丰厚的财产作为他所谓的回报。他想去旅行，但显然这只是个想法，他是不会把钱用在这上面的，虽深爱着金钱，但他毕竟是个小气的人。由于他对这所房子的厌倦，心一转，便想要跟它做个了断。然而，如此爱钱的他不允许这所房子的钱白白流掉，他便决定在走之前将它卖掉，为了讨个好价钱，他决定把房子好好修缮一番。他请来工人整理杂草，包括他先前任其生长的藤蔓，为了房子的生气，他甚至比工人做得还晚。

在一个秋天的晚上，工人都已经休息了，唯独他还手持镰刀工作着。天色已经暗了下去，他也觉得似乎该休息了，也许他已经淡忘，新娘已经死了5个礼拜。他憎恨这座像是被诅咒的房子，在他站立的地方，可以望见新娘房间的老式窗户前摇曳的树枝。

夜晚安静极了，没有一丝风，可他忽然看见有树枝扫了过来，吓了他一大跳，还没等他回过神来，只见那树枝又甩了回去。顺着树枝，他瞥见一个人影站在树枝间。

那个身影看起来是个年轻的男子，当他看着那男子时，年轻男子也在往下看。此时，树枝摇晃得更加猛烈了，男子快速地滑了下来，掉在他的面前，这个少年有一头淡棕色长发，身形很修长。

"你这个小偷。"他边说边抓起男孩的衣领。

男孩摇晃着身子，企图脱身，同时出手向他的脸及喉咙挥了几拳。就在他们两个越来越靠近时，男孩突然避开他，退后几步，带着绝望与惊悚的口吻大声嚷道："不要碰我，你这个恶人，你比世上最恶的恶魔还要恐怖！"他木然地看着男孩，忽然发现男孩的表情就和女孩走到生命尽头时的表情一模一样，他没想到这样的表情还能再次出现。

"我才不是小偷，就算我是，我也不会偷你一毛钱，就算你的钱多得可以买下好几座岛屿，我也不想要。我怎么会要一个凶手的钱，你这个杀人凶手！"

"什么？！"

男孩指着不远处的一棵树，说："我4年前就认识她了，我那时第一次爬上树去看她，还跟她说话。后来我经常去看她，倾听她的心声。我平日是隐藏在树叶里的，她曾经递给我这一缕淡黄色的头发。事实上，她的一生是悲剧的一生，从她给我的这一缕头发中就可以看出。可惜我当时小，要是再成熟些，或许我可以救她，把她从你的魔爪中解救出来。"男孩的话语中充满了怜惜与忧伤。

"你这个凶手！有一天你带她回来，我在树上听见她数死亡的滴答声。有那么几次，当你要她闭嘴并想慢慢地杀死她时，我都躲在树丛里。我眼看着她慢慢死去，也看着你的罪恶行径，我要找到证明你罪行的蛛丝马迹。虽然你到底是怎么杀死她的对我来说还是个谜，但我会继续追查，直到让你伏法。在此之前，我不会放过你，因为我爱她，我爱她，我永远不会原谅你，凶手！"男孩边说边往栅门附近移动。

他的帽子在爬下树时飞走了，男孩要移动就必须通过他。这段距离大概是两辆马车那么长，男孩想办法闪过那个人，那个令自己厌恶又憎恨的人。而他却一动不动，只是目光随着男孩移动。当男孩转向他时，他手中的镰刀迅速飞了过去，那镰刀似乎比他还着急，在他自己还没反应过来时，男孩的头已经成了两半，男孩的身体随之倒了下来。

趁着夜色，男孩被他埋在了树下，为了掩人耳目，天一亮，他就开始翻动泥土，修理周围的矮灌木丛。如此精细的修缮，连工人都蒙了过去，丝毫没有人起疑。有那么一段时间，他甚至卸下了心防，觉得在自己的精心安排下，一切都已妥当。他摆脱了愚蠢的新娘，拿了想拿的财产，重点是还保住了自己。只是男孩的死让他什么也没得到，这显然让他如鲠在喉。

另外，这阴郁恐怖的房子他早已受够了，可一旦搬离此地，他又怕自己的罪行被人发现，于是只好自己住在里面。他还雇了一对老夫妻当他的仆人，就这样过着提心吊胆的日子。

此后很长一段时间，有一个地方总令他头疼不已，就是那个花园。到底该好好修缮一番还是置之不理，让它保持原样？他开始上起中级园艺课，让仆人帮着他一起整理花园，但有一点独特的地方，就是他从不允许那对老夫妻单独待在花园工作。

他给花园建了一个凉亭，那个凉亭的独特就在于可以随时注意到周遭的情况。日复一日，这里树的样貌也在发生着变化，令他惶恐不安和吃惊的就是高处树枝生长的样子几乎和那个男孩一模一样，他仿佛又看见了那个坐在树叶中的男孩。无论春夏秋冬，他都感觉那个男孩在威胁他，树叶的一举一动他都感觉像是男孩挥着的拳头。

他时常怀疑，明年男孩模样的树枝会不会比今年更加清晰？在花园外，他的生意进行得如火如荼。不断投资，资金周转，包括黑市上的交易，都使他获得了相当可观的利益。十年间，数次投资已使他的财富增加了11倍（和他做生意的商人及货主都如此描述）。似乎很早以前，他就执着于无限扩大财富。而对于花园里的男孩，他也进行了一番调查，知道了他是谁，但时间让他慢慢淡忘了此事。

自从男孩在那天晚上被埋在树下以来，树木已经生长了10年，直到有一天，雷雨倾盆而下，从夜里直到早上。一大早从仆人口中听到的消息再度唤醒他内心深埋的恐惧和不安。

花园里的树被闪电击中了，令人惊讶的是，闪电从树干中间劈开，将树干劈成了两半，一半倒在房子上，一半倒在老式花园的红墙上，压下的位置造成了一个大缺口，树干的裂口一直延伸到比土壤稍高一点的位置，就在那儿不偏不倚地停了下来。所有的人都非常好奇地前去观看那棵树。这自然唤起了他深深的恐惧，10年前的往事历历在目。

他像个老人一样坐在凉亭里，盯着前来观察的每一个人。很快，来看的人越来越多，他的恐惧也随着人数的增多而不断增加。于是他索性封了花园的大门，杜绝任何人来访。但科学家的到来使他一时大意，他居然放他们进来了。他们想挖掘树根旁的废墟，并仔细检查废墟及周遭的土地。他怎么可能允许这种事情发生，哪怕科学家奉上钱财。

他指着花园的大门，示意他们离开。但这越发激起了科学家们的好奇心，他们想到贿赂他的那位老仆人，一个忘恩负义又卑鄙的人，总在领了薪水之后抱怨钱太少。

科学家们于是在晚上潜入花园，带着灯笼、十字镐和铲子等工具往树的方向冲去。此时的他躺在一间塔楼里，自新娘离世之后，新娘房间便再也没有人住了。他做起了梦，铲子、十字镐这类工具出现在他的梦里，他被惊醒了。他跑到了离树最近的一间房子，从那个窗户可以清晰地看见忙碌的科学家、他们手中的灯笼以及周遭的土堆。

无疑，尸体很快被发现了，科学家们用微弱的光照向它，并全部弯下腰察看。

一位说:"头骨已经破裂了。"

另一个说:"这边也有骨头,你们来看。"

又有人说:"看一下这边的衣服。"随后一个科学家插话说:"找到一把生锈的镰刀。"隔天,他发现自己受到严密监控,无论到哪里都会被跟踪。一星期之后,他被带走并被关了起来。显然,此时的局势对他越来越不利。

随后,他被指控在那个新娘房间里毒杀了那个女孩,大家控诉他只顾着保全自己,却丝毫不顾及新娘的感受,眼睁睁地看着新娘因无力无助死去。对于先审判他的哪一件谋杀案,他们还存有异议,于是又调查了一番,最后他被判了死刑。人们用各种罪名来夺取他的生命以告慰死者,宣扬邪恶最终被正义战胜。不管他有多少钱,这次谁也救不了他。

最后,他被吊死了。而讲述这个故事的我就是传闻中的他,一个被判死刑的杀人凶手。我就是那个100年前被吊死在兰卡斯特城堡的囚徒,死时我的脸正朝向墙壁。

如此骇人的话一出,古尔桥先生一身冷汗,他有种站起来大叫的冲动,但是老人眼中射出的强烈火焰不允许他做出任何举动。不过,这并不影响他的听觉,他清晰地听见钟声又敲了两次,就在此时,他看见两个老人站在他的面前。

没错,是两个,两个一模一样的老人。他们双眼的火焰紧紧相连,两个人讲话的声音一样,节奏一样,同样咬着牙齿,同样的额头,同样歪扭的鼻子,更有甚者,他们脸上的各种表情都一模一样,这两位老人简直就是一个模子做出来的。

"你是在什么时候,"两位长相完全一样的老人同时说话,"来到楼下的大门?"

"大概6点。"

"那时候有6个老人站在楼梯那儿!"

古尔桥先生早已是一身冷汗,此刻他试着擦拭眉毛上的汗水,继续听两位老人说:"判死刑后,我被解剖了,我的骨头由于没被拼凑起来而挂在铁钩上。这个时候开始有传言说新娘的房间里常常有鬼魂出没,也确实有鬼魂出没,因为我就在那儿。不只是我,女孩也在那,我们曾经待过的那个新娘的房间。我还是坐在壁炉旁的椅子上,女孩则依旧是苍白瘦弱的鬼魂,在地板上拖着迟钝的身子走向我。但我早已不再是发号施令的人,和活着的时候完全不同的是,此时是她对我说话,是她从半夜到破晓一直对我说:'活吧!'"

而男孩还是像往常一样,一直隐蔽在树叶中间,在光线的映射下来来去去。从那时起,他就看着我,我所经受的一切痛苦,有时候他化身为苍白的光线,有时候又化身成灰黑的影子出现在我面前。就像他死时一样,自他的帽子掉落后,他便从来不戴帽子,唯有那把插入他发间的镰刀异常醒目。

在新娘的房间里,无论是半夜还是黎明,男孩都如往常一样,他的栖身之所就是树叶。而女孩则爬着地板走向我,一直不停地向前却并未真的靠近,在月光的映照下出现在我面前。不管是否看得见月亮,鬼新娘一直都在对我说的唯一一句话就是:"活吧!"不过,就在这样的生活持续了30天之后,我告别了这样的生活,新娘房间也再一次恢复了空荡和寂静。他不相信这就是他往日居住的房子,因为平日可不是这样,让他恐惧不安的房子怎么会如此寂静。

尽管已经10年了,这所房子依旧常常有鬼魂出没。在凌晨一点的钟声响一次时,我就是你们那时看到的那一位老人。到凌晨两点,我就会变成两个老人。3点我自然就变成3个。而到中午12点,我就变成12个老人。每一小时就多一个老人,而我的痛苦与煎熬也会随着人数的增多而加倍,所以在我是12个老人时,我的痛苦会达到顶峰。

从那时起直到半夜12点,我是处于极度痛苦与不安中的12位老人,恐惧不安地等待刽子手的到来,等待对我做出的宣判。在12点一刻,这12位老人就会同时消失不见,出现在兰卡斯特城堡外,每张脸都朝向城墙!

当新娘的房间第一次出现鬼魂时,我便深知这样的惩罚永远不会停止。要解除这个魔咒,除非我把这故事告诉两个活人。很多年过去了,我一直在等待两个活人同时来到新娘房间。我后来得知(我也不清楚是怎么知道的),如果有两个活人睁着眼睛,于凌晨一点时出现在新娘房间,他们就会看见坐在椅子上的我。

终于,来了两个冒险的人(古尔桥和艾多),他们被这幢房子不断有鬼魂出没的传言吸引而来。半夜时,他们爬楼的声音引起了我的注意,我不顾还没生起的壁炉,迅速地冲向他们,他们也走进了屋里。其中一个是个先生,看起来勇敢又活泼,年纪大概是四五十岁,另一个看着年轻一些,大概小前一个十来岁,他们随身带来的有酒,还有一篮子食物。

与他们一同而来的还有位年轻的女士。这位女士带来一些诸如木柴、煤炭这样的工具,以便生火照明。随后,那位看起来勇敢、活泼一些的先生将阴暗的房间点亮了,房间亮起来后,他陪着那位女士走到屋外的长廊,看着她下楼,直到确定她安全,才又返了回来。

在房间里看了看之后,他锁上房门,把篮子里的东西一一放到桌子上,杯子里的酒也被他倒满,他和同伴便一同吃喝起来。尽管年长的是带头老大,但他的年轻同伴显然和他一样,充满快乐和自信。

他们喝酒的同时,也把手枪放在桌子上,接着便转向火光,抽起了外国烟。这两个一老一少的同伴一直以来都有很多的共同点。谈笑之间,看起来年轻一些的那位先生说,对方就是喜欢冒险找刺激。对方并不理会,只是反驳道:"先生,事实可不是这样,我也有怕的东西,侦探,我怕我自己!"年轻同伴显然没体会他话里的意思,反问他此话怎讲。

"当然,虽说我心里想这里有鬼魂出没的传言是假的,但事实上,我也不确定,如果只有我一人待在这里,那我的想象力将会异常丰富,或者说,我也会和其他人一样,开始疑神疑鬼,但是,当我和另一个同伴一起来,尤其是和你这个大侦探一起来,还疑神疑鬼,岂不让人笑话。"

"对于你所说的角色,我可不敢当。"年轻同伴说。

"你的角色怎么可能不重要,就像我之前所说的一样,一个人在此度过,我是绝对无法办到的。"他以一种更严肃的口吻回答。

再过几分钟就要一点了,当那位较年轻的先生说完这最后一句话时,头就垂了下来,并且越垂越低。

"快醒醒啊,侦探!时间的数字越小,可是会越糟糕的啊!"

年轻的先生试着清醒，但头似乎不听使唤，又再度垂了下去。

"侦探，醒醒啊！"他不断地催促着。

"我快不行了，不知道哪里来的奇怪力量，我控制不住，只是感觉快要不行了。"年轻的先生含糊地说。

他看着年轻伙伴此刻的状态，心中不由得害怕起来，且这种恐惧愈演愈烈。而我也透过不同的方式感到一股新的恐惧感。我感觉到凝视着我的人逐渐被我征服，似乎有道咒语施加在我身上，要我尽快让那个较年轻的先生睡着。

"快起来，快起来！侦探，快起来走一走。"他赶紧走到摇椅后面试图摇醒同伴，但这一切都毫无意义。当一点钟的钟声响起时，我出现在他的面前，他呆滞地站在我对面，我不得不对他说我的故事，同时也做好不被理解的最坏打算。

我对他说："我就是那个吓人的鬼魂，我也知道我现在进行的忏悔对你来说没有什么用，我已经料到事情会和以前一样，即使来了两个活人，也永远无法解救我。只要我出现，其中一个人的知觉就会被困在睡眠之中，既看不见我、也听不到我，我的话说到底也只能对着其中一人说，这样一来，永远不能改变什么，唉！可悲呀！"

当两位老人同时以同样的话折磨着他的时候，古尔桥先生猛然惊醒，突然想到此刻的他还处在险境中，他一直是一个人在和鬼魂相处，而他也终于明白艾多先生不能动的原因，原来在一点钟的时候，他的知觉被困在了睡眠中。突然意识到的这个事实让古尔桥先生内心产生了巨大的恐惧，他猛烈地挣扎，想从两双如火焰般的眼中挣脱出去。他使尽全身力气，拼命挣脱，一把抓起在沙发上昏昏沉沉的艾多先生，携着他迅速地往楼下冲去。

深夜

一天深夜，匹克只身一人留在寄宿学校的花园里，等待着他的仇人金格尔的到来。可是，来的不是金格尔，而是一群高声尖叫着的女人。她们拖拽着他，将他丢进了黑暗的壁橱。

一年有十二个月，每个月都有自己的特色，其中最美丽的要数八月。比起五月随风摇曳的鲜花和嫩叶，八月充满了丰收的喜悦。八月，果树的枝丫缀满沉甸甸的果实，田埂里的稻田泛着金色的波涛，就连空气中也充满了果子的清甜和稻子的香气。

匹克和他的仆人山姆从田野和果园边驶过，惹得正在拾麦穗和摘水果的妇女和孩子停下来观望，就连割麦子的农夫也停下来目视着马车。田埂上拉大车的马神气地瞥一眼拉马车的同类，似乎瞧不起正在尘土飞扬的路上奔跑的骏马。

很快，车子来到了拐弯的地方，之前那种丰收的景象全然不见了，在田间和果树下呆立着的人们已经重新开始工作了，拉大车的马也开始走了，一切画面就像是电影突然静止又开始播放一样。这样的景色打动了在车内思索的匹克，他正在思考用怎样的手段才能达到目的——揭穿戏弄过他的金格尔的本来面目。可一瞧见窗外的美景，他就被吸引过去了。

匹克发自内心地感叹："真是一幅美景啊！"

他的仆人山姆微微敬了个礼回道："可不是，比我在烟囱顶看到的还要美上百倍。"

"我猜你这辈子从来没爬过山吧，也就从烟囱顶眺望过远方。是不是，山姆？"匹克听到山姆的回答，玩味地笑了笑。

"我才不是个足不出户的人，先生。我也做过货车夫的手下，到过很多地方呢！"山姆露出了神气的表情。

"山姆，你都干过什么？"匹克有些好奇地问。

山姆见主人对自己的经历起了兴趣，连忙回答，生怕慢了一拍就错过了这份好奇。"我刚开始在社会上讨生活的时候，最初在一家运货店铺当学徒，没过多久又跑去做货车夫的手下，再后来就是先生您遇到我的时候，我在旅馆帮忙擦靴子。现在，我成了先生您的仆人，一个绅士的仆人。没准哪一天，我也能变成一个绅士，拥有自己的庄园。"

"哟，山姆你可真有志向，像个哲学家似的。"匹克听到山姆的回答，不禁笑了起来。

"这是我们家传的，先生，我的父亲比我要厉害得多。当我后母骂他的时候，他欢喜地吹吹口哨；要是后母真的生了气，折断他的烟袋，他也不恼，只是默默地再买一根；后母要是还不依不饶，继续闹起来，我父亲就坐在椅子上，舒坦地抽着自己的烟，等着后母安静下来。先生，你看，这不是哲学吗？"

"哲学？哈哈哈！这确实是很好的哲学呢！我想在你的生活中，它发挥了很大作用吧！"匹克大笑着回答。

"可不是嘛，先生。这样说起来，在我刚从运货店铺跑出来没找到事做的时候，我还住过两个礼拜没有床铺的屋子呢！"

"没有床铺？"匹克重复了一句，有点儿不敢相信。

"对，没有床铺，不过那是我住过的数一数二的好地方，交通便利极了，无论去哪个办公厅都只有十分钟以内的路程。我想那个地方您也知道，就是滑铁卢桥那个干燥通道啊。非要说有什么不好，就是那地方实在是太通风了，我还在那里遇到过不少离奇的事！"

"什么离奇的事？"山姆又选对了话题，他那喜欢听稀奇古怪故事的主人又被勾起了兴趣。

山姆慢条斯理地回答："我遇到的那些事啊，一定会戳破您的慈悲心。那里并不是什么流浪者聚集的地方，而是一些年轻的乞丐实在没地方可去，挨饿受冻寄宿的地方。这些可怜虫连两便士的绳子都住不起。"

"等等，山姆，什么叫两便士的绳子？"匹克从没听到过这样的东西，不禁问得仔细些。

"两便士的绳子说的就是便宜的栈房，在那里，只要花两便士就能躺在床铺上舒舒服服地睡一夜。"山姆回答说。

"既然是床铺，怎么叫绳子呢？"

"这您就有所不知了，最初栈房的主人确实是用床铺的。可是那些来睡觉的人怎么会老老实实地就只休息一夜，总是赖上大半天。那些老板们见这样赚不到什么钱，就想了个法子，在屋子里横上两根绳子，然后把床铺在上面。"

"什么？"匹克有些难以置信。

"就是这么做的，这样做的好处才多呢。到了时间，老板就进屋子松了一边的绳子，那些想赖床的人不得不乖乖地从床上滚下去走掉！啊！对不起，先生。咱们是到了圣爱德门德墓地了吗？"山姆突然瞥见外面的景色，有些不好意思地问道。

"哦，是了。"匹克看了一眼，回答道。

山姆连忙闭上嘴，把马车赶到小镇干净平整的街道上，朝着旅馆驶去，不一会儿就停在了古老修道院对面的旅馆门口，上面写着几个大字"安琪儿饭店"。匹克吩咐山姆去开一个私人房间，还特意嘱咐说不要透露他的名字。

山姆听了会心一笑，拖着匹克的行李箱执行任务去了。他很快就返回来，引着匹克走进房间。匹克看了看屋子坐了下来，说道："山姆，那么，要做的第一件事是……"

山姆没等匹克把话说完，连忙说道："先生，已经很晚了，要做的第一件事应该是点餐。其他的事情，明天再说吧。"

匹克掏出衣襟里的怀表，看了一看，说："啊，这么晚了，你说得对，山姆。不过那些事情还是……"

山姆想了想，接着说："先生，如果您听我的劝，就好好休息一下。明天早上再打听那个混蛋。您想想，磨刀不误砍柴工啊！"

"你的话是不错。不过，我得首先确定他是否在这里，总不至于再让他溜了。"匹克虽然觉得山姆的话有一定的道理，依然坚持己见。

山姆回答道:"就让我来打探消息吧!先生您在房间休息,我下楼给您点餐,就在等待的工夫,我到门房把那些消息通通从擦靴子的人口里挖出来。"

"那就这么办吧!"匹克十分赞同山姆的主意。山姆听到主人的允许,连忙到楼下张罗。

不到半个小时,匹克已经坐在桌边心满意足地吃起了饭。又过了大概四十五分钟,山姆回来汇报打听到的消息。"先生,我打听到了。那个家伙化名为查尔斯,今晚去了附近的公馆,还带了他的仆人,临走的时候吩咐仆人将他的私人房间留着,将来不要的时候会再来通知。"

"嗯,很好。"匹克越来越满意山姆的办事效率了。

"还有,先生,要是我明早能见到那个仆人和他谈一谈,他主人的事情我们就统统清楚明了了。"

"你确定?"

"哎呀,先生。您忘记了,仆人们不总是这样吗?"山姆答道。

匹克轻拍了下额头,感慨道:"哦,可不是,我倒是忘记了!"

"那么,等我打听好消息,您就可以好好设计一番了。"山姆回答道。

匹克想了半天也没找到比这更好的法子,同意了山姆的建议,顺便允许山姆按照自己的意愿消磨时间。服侍匹克睡下后,山姆跑到了酒吧,和那些酒客一起度过了愉快的一夜。他们喧闹的声响穿透了木板,害得匹克少休息了近三个小时。

第二天一早,山姆在马厩洗了个淋浴,想减少一点昨夜豪饮的疲倦。洗澡时,他看到一个身着湛蓝色衣服的仆人坐在院子里读一本厚厚的书,时不时还偷瞄自己。"真是个奇怪的家伙!"山姆心想,但是他没有理睬继续洗澡。

那人并没有因为被山姆发现而停住,反而越来越大胆地在书本和山姆身上看来看去。山姆发现了这一点,想了想向对方点了点头,又打了个招呼。对方立刻回应道:"我很好,先生。希望你也过得愉快!"

"嘿嘿,昨晚喝得太多了,今天有些头痛而已。昨天怎么没看见你,老兄?你也住在这里?"山姆回答道。

"是的,我们住在这儿。昨天我跟我的主人一起出去了。"那个陌生人回答道。

"哦,怪不得,你的主人叫什么?"山姆好奇地问道,由于莫名的兴奋变得满脸通红。

"查尔斯·菲兹·马歇尔。"那个人回答。

"兄弟,把你的手递给我。我很喜欢你的模样!让咱们认识认识。"山姆走了过去,继续攀谈。那个人伸出了手,说道:"老兄,我也对你一见如故。这就是缘分啊!刚才看你在水龙头下洗澡,我就想跟你交谈了。"

"真的?那我们可要好好聊一聊!我叫华卡,你呢?"山姆爽朗地笑了笑,心中暗自为陌生人的友善鼓掌。

"我叫乔伯。你的主人又是哪位呢?"陌生人回答道。

"我的主人是威尔金斯。你想喝点什么吗,乔伯先生?"山姆问道,带着新认识的乔伯向酒吧间走去。不久,两个人坐在吧台前,喝起了用不列颠松子酒和丁香汁调配的饮料,边喝边聊。

"对了,你的主人对你怎么样?"山姆问道,顺便给乔伯斟满了第二杯。

"糟糕透了,别提了。"乔伯喝上一口,重重地放下杯子。

山姆听到这样的回答,反问道:"你不会是在跟我说笑吧!怎么可能?"

"我没骗你,我敢发誓。我还不知道以后的日子要怎么过呢!"

"发生了什么事?"

"哎,我即将有一位新的女主人,我的主人快要结婚了。侍奉一个多事的主人就够麻烦了,再加一位,你说是不是糟糕透了?"

"不会吧?新娘是哪里人啊?"

"嘘,那是个十分有钱的女继承人,现在还在寄宿学校里呢!我的主人要跟她一起私奔!"

"什么?真的假的?难道是这镇上某个寄宿学校的女学生?"山姆提出这个问题的时候,声音里并没有透露出关切,好像就是那么随便一问,不过他的手势却揭穿了他渴望答案的心。乔伯看出来了,连忙闭上了嘴,喝酒的杯子也拿到了一边。"不行,我不能说!这可是个秘密,大秘密,我谁也不能告诉!"

山姆看了看乔伯的空酒杯,一下就明白过来,连忙把乔伯的酒杯倒满,继续问道:"真的不能说?"

"当然不能说。"乔伯满意地把玩手中盛满酒的杯子。

"我想,你的主人也身价不菲吧?"山姆见无法得到满意的答案,转换了话题。乔伯并没有直接回答,而是一手托着酒杯,一手拍了拍衣服口袋,示意他的主人要是这样拍拍口袋的话,你是听不到硬币撞击的声音的,紧接着,做出了数钱的姿势,眼睛里透着贪婪。

山姆一下子就明白了,乔伯的主人不仅是个穷光蛋还十分贪财。"啊!原来是这样。那你帮助你的主人欺骗那么一个善良的小姑娘,不会觉着自己罪孽深重吗?"

"我知道这是狼狈为奸,可是……可是,我也无能为力。你说,我该怎么办?"乔伯露出了一脸的悔意,对着山姆叹气。

山姆说:"还能怎么办,跑去寄宿学校将这件事情告诉那的女学生,让她放弃你的主人。"

"可是,谁会相信呢?谁会相信一个仆人的话?就算我说的是实话,那位天真善良的富家小姐一定会矢口否认的,我的主人更会那么做。我只能丢了饭碗,甚至还会惹上官司。"乔伯辩解道。

"你说得也有道理。"山姆想了想说。

乔伯看了看山姆,说道:"华卡,倘若哪位善良的绅士愿意管一管,或许还能有一线希望。可是在这个陌生的地方,我谁也不认识。即使我有认识的人,谁又肯为此冒险呢?"乔伯一脸的苦恼。

山姆一把抓住乔伯的手:"跟我来,我的主人正是你需要的人。他是我见过的最正直善良的绅士了,一定会答应你的请求的。"乔伯抗拒了一会儿,就被山姆带到了匹克的房间。

山姆简要地把谈话的内容说给匹克听,接着向他引荐了乔伯。

"乔伯,我很赞赏你的行为。"匹克点了点头。

"可是，我背叛了自己的主人，先生。如果不是，如果不是……"乔伯掏出一条手绢，低下头擦了擦眼睛。

"这不是背叛，正因为你忠于你的主人，才不能让他犯这样的错误。你是个忠实的人。"匹克说道。

"可是，可是我的主人明明嘱咐过我不要把这件事说出去，即便他是个流氓无赖，还是供我吃穿，我却没有听从他的命令。"乔伯一边说，一边掉眼泪。匹克见此情形大为感动，山姆却十分看不惯，插嘴说道："把你的眼泪收一收，这东西没有用，有什么好哭的？"

"山姆，你竟然一点儿也不理解乔伯！他做出这个决定是多么艰难！"匹克责备道。

山姆回答："正是理解他才这么说的。他就算是真的难过，也最好把眼泪收起来，何必一定要表现出来。哎，年轻人，快把你那条破布收起来，就算它漂亮你也不必在我们眼前挥舞。回去好好想一想吧！"

匹克对乔伯说道："也许我的仆人表达看法的方式太过激进了，但是他的话还是有些道理的。"

"是的，先生，我想我明白了，我再也不会这样了。"乔伯连忙收起手绢，坐直了身体。

"那么，乔伯，那间寄宿学校在哪里？"

"就在城外，先生，就是那幢古老的红色房子。"乔伯回答道。

"你的主人准备什么时候带着那位善良的富家姑娘私奔？"

"就在今天夜里，具体时间我也不是很清楚，所以我才这样着急啊！"乔伯搓搓手，眼睛看着地板。

"什么，就在今天夜里！山姆，我们得马上动身去找寄宿学校的校长！去准备马车！"匹克有些激动，转过身对山姆说道。

乔伯连忙制止，说道："不行，先生，这样行不通的。寄宿学校的校长很赏识我的主人，就算你拿出证据，说我主人做了坏事，恐怕她也不相信。更何况现在你无凭无据的，校长更不会理你。"

"那我们要怎么做呢？怎样才能让那个老太太相信？"匹克开始在屋子里来回踱步，不知道如何是好。

"先生,您最好在他们私奔的当场抓住他们,这样校长一定会相信你的。"乔伯回答道。

"那些又老又古板的人,不撞到南墙是不会回头的。"山姆插了一句。

匹克想了又想,敲了敲桌子。"要现场抓住他们很难办到,而且你也不知道确切的时间。"匹克的目光移到了乔伯的身上,上下打量。

"那也未必,我听从主人的吩咐贿赂了住宿学校厨房的两个佣人。大致的计划是:十点钟之前,我们躲在厨房里。等到寄宿学校的人都睡着了,我们就从厨房里出来,和小姐在园子会合后,一起乘坐准备好的马车逃跑。"

"噢?"匹克摸了摸下巴。

"先生,如果你一个人躲在后花园,在他们会合的时候抓住他们,这件事情就成了。"乔伯说道。

"为什么不带几个人?"匹克问道。

"先生,您想想,这样的丑事自然知道的人越少越好。且不说寄宿学校的老太太不愿意让别人知道,您想想那个被骗的年轻小姐,想想她的心情。"

"呃,你说得对,是我没考虑周全。看来你已经有了大概的想法,仔细说说,你打算让我怎么做?"

"我想,您一个人等在后花园,我悄悄地溜过去帮您打开通往园子的门,您再过来帮我破坏这个混蛋的计划。我不愿意再做他的帮凶了。"乔伯握紧了双拳,似乎下定了决心。

"哎,虽然你只是个仆人,但是你的品格要比你的主人高尚多了。倘使你的主人能有一点点良心,也许他还有救。"匹克说。乔伯连忙站起来深深地鞠了一躬,眼圈又开始泛红,不知道是因为愧疚还是被说中了心事。

山姆看见这样的情景,大声嚷嚷起来:"我真想敲开你的头看一看,是不是里面有个瀑布啊!"

"闭嘴,山姆!说实话,我不怎么喜欢这个计划,为什么我不能立刻动身找到那个小姐的朋友,一起去寄宿学校劝劝那个可怜的人呢?"

"先生，那里实在太远了。等您回来，估计我的主人已经带着那位小姐远走高飞了！"乔伯连忙说道。

"好吧，我真是无话可说。我有个疑问，怎么进到花园里面？"匹克疑惑地望着乔伯。

"我早就帮您想好了，后花园的院墙很矮，您踩在您仆人的肩上就能翻进去。"乔伯连忙解释道。

"翻进去。好吧，为了那位小姐，我就只好这么做了。我们一言为定。"匹克的心里十分无奈，他根本不想如此冒险。不过复仇的欲望很快占了上风，他决心揭穿那个虚伪的人。

"那个寄宿学校怎么走？"匹克问道。

"只要您沿着主路走，一直走到镇子的尽头，它就孤零零地立在那里，一眼就能瞧见。"乔伯回答。

"好吧，我为你的行为骄傲。这个金币赏给你，千万别忘记到时候替我开门。"

乔伯接过金币，深深地鞠了一躬，说道："善良的绅士，您真是个又善良又正直的人，我一定会按时出现的。"说完他就退了出去，山姆跟在后面。

"你是怎么回事，像个姑娘一样哭哭啼啼的，心里倒是有不少好主意呀！"山姆说。

"华卡，我可是发自内心的。"乔伯立刻正色道，说完就一个人走了。山姆看着乔伯离去的背影，心想："哼，这个家伙，我到底是把你的话都套出来了，还秘密！"

似乎是因为怀着这样激动人心的计划，匹克和仆人山姆感觉时间过得飞快。很快山姆回来报告，说金格尔已经和乔伯一同出门了，他们带好了行李而且订了一辆马车。显而易见，阴谋正在进行中。

匹克按照和乔伯之前的约定，在十点半出发了。为了完成艰难的任务，他甚至拒绝穿上用来保暖的厚重外套。

那是一个美妙的夜晚，月亮躲在云层后面偷窥，视野里的一切都被黑暗覆盖，闪电在天边酝酿着，这是黑暗中唯一的一点光亮。除了偶尔传来的狗吠，周围安静极了。山姆带着匹克来到了那幢古老的宅子，悄悄地绕到了院子后面，找到了那座低矮的围墙。

"你帮我爬过去之后，就回到旅馆等我吧。"匹克吩咐道。

"好的，先生。"山姆回答得很爽快。

"对了，回去不要睡觉，要一直等我回去。"匹克有些不放心。

"我知道，先生。不用你吩咐，我连个盹儿都不敢打。"山姆生怕匹克不信，还举手发誓。

"好了，你抱住我的腿，我让你举起来，你就轻轻地举我过去。"按着匹克的吩咐，山姆轻轻地举起了他，不过动作要比匹克想的粗鲁多了。也不知道是山姆的力气太大，还是怎样的，他这一推，匹克直接翻了过去，压倒了三株醋栗和一棵玫瑰。山姆听到墙另一边的声响，担心地低声问："主人，您没有受伤吧！"

"我也不想受伤，不过你已经害我受伤了，大概划破几块皮吧！你快走吧，让人听到可不好。"

"再会！"山姆连忙轻轻地回了一句，又蹑手蹑脚地走开了。匹克一个人待在院子里，躲过从窗口透出来的灯光，在约定的门附近找了个角落蹲下来，等待乔伯来开门。时间不知道过了多久，匹克在心中想了很多。他觉得乔伯是个可信的人，更何况乔伯还收了他的金币，但是也为自己即将做的事情提心吊胆。胡思乱想中，匹克渐渐乏了，蹲在那里打起盹来。不久后，远处教堂的钟声惊醒了正在小睡的匹克。时间差不多到了，他轻轻地敲门，可是没人回应。

过了一会儿，匹克又试了一遍，这次屋子那边传来了声音。一个人出来了，脚步声由远及近地传来，那扇小门的钥匙洞也透出了微弱的光。时候到了，匹克激动地站起来，伴着哗啦啦的开锁声，门缓缓打开了。匹克小心地看向开门的人，让他吃惊的是，那并不是乔伯，而是一个陌生的女仆。匹克像受了惊吓的乌龟，快速缩回他的头。

女仆没有看到人影，转过头像是对什么人说话："没什么人，估计是路过的野猫吧！"然后重新关好了门。匹克紧紧地贴着墙壁，心里纳闷，为什么开门的不是乔伯而是女仆呢？难道今天她们比平常睡得晚？

匹克小心翼翼地又蹲回角落，决定一会儿再试一次。过了大约五分钟，天边蠢蠢欲动的闪电爆发了，紧接着是一连串的电闪雷鸣，暴雨倾盆而下。匹克从上到下、从里到外被淋个通透。

雷雨天气里，树下可不是什么安全的地方，匹克对于这一点还是知道的。他挣扎地躲开一株又一株的树木，脑海中浮现的不是自己被闪电击中的情形，就是自己被人发现后让警察逮住。"实在是太可怕了！"匹克心里冒出了这样一句话。他不知道如何是好，决心再去试一次。

他回到小门，依照暗号敲响了门。"谁呀？"回应的依然是个高亢的女声，乔伯不知道哪里去了。紧接着，像是回声一样，陆陆续续地传来"谁呀"，"谁呀"，声音十分尖锐。

匹克的敲门声吵醒了整个学校的人，而他在黑暗之中像个落汤鸡一样站着，浑身上下因为恐惧而瑟瑟发抖。他生怕被人发现，决定留在原地，等一切平息的时候再翻墙出去。虽然他也不清楚自己能不能战胜那座矮墙。匹克的选择是眼下最好的一个，不幸的是有人冲出来打开了门。

从门里面传来了像合唱团一样的"谁呀"，发出声音的有学校的校长、教员、女仆、寄宿生。有些女子甚至没有穿戴整齐，披着头发站在门里面。匹克自然不敢应声，不过不用他开口，他迟早会暴露在那些女人面前。

那声疑问在一瞬间，变成了"啊"的尖叫。声音会聚在一起，变得巨大而响亮，恰在此时，一个大闪电划破了天空，雷声也随即而来，轰隆作响。

人群聚在一起，胆小的女子已经开始浑身发抖了。一个苍老威严的声音有些颤抖地说："厨子，你，你快走过去看看！"发出声音的人谨慎地躲在最里面。

"不，太太，我不愿意！太可怕了，我不去！"答话的是一个女厨子，她的声音甚至带着哭腔。

"居然还敢顶嘴！快去看看！"女校长的声音十分急促，甚至能听到跺脚的声响。一时间，无数人开始一起责怪那个胆小的厨子。

那个可怜的人颤抖地拿起蜡烛，被逼着向前迈了两步。周围实在是太过漆黑了，蜡烛微弱的烛火更是照亮不了什么。"是风，一定是风，外面什么都没有！"厨子用颤抖的声音向校长汇报。就在门要重新关起来的时候，一个寄宿生惊声尖叫："有，有个男人在门后！"场面立刻又混乱起来。

所有的寄宿生尖叫着后退，有人甚至已经昏了过去。年老的校长冲进自己的房间拴上了房门，还不放心地用凳子抵住。在这混乱的场景中，匹克站了出来，他身上的衣服不时还滴落两滴水，他说："亲爱的女士们！"

"他居然说我们是亲爱的，这个混蛋！"不知道是哪个教员吼道。屋子里传来各种各样的唾骂。

"女士们，静一静，女士们！"匹克不得不提高自己的音量，以确保自己说的话能被那些吓得惊慌失措的人听到。"我不是强盗，也不是坏人。听我说，我是来找这里的校长的，让我跟她谈一谈。"

"天，他是来找汤姆金斯小姐的！"

"不要相信他！"

"拉警铃，快拉警铃！"屋子里又乱成了一锅粥。

"不，不要报警。你们看看我，我不是个强盗。尊敬的女士们，如果你们不相信我，可以过来用绳子捆住我，我绝对不会挣扎。只是你们必须听我说话，请你们听听我要说的话！"匹克先生大声喊道，挥舞着双手，生怕有人真的去按警铃。

"你，你是谁？为什么会来这里？"一个壮起胆子的女仆断断续续地问道。

"叫你们的校长来，只要你们安安静静地叫校长来，我保证你们会知道一切。"匹克举起自己的手接着说，"如果你们不信，我可以发誓。"

也许是被匹克的态度打动了，或者是出于对这个深夜访客的好奇，那些尖叫的人渐渐恢复了镇静，几个恢复理智的女士，建议让匹克待在壁橱里和校长汤姆金斯小姐谈判。匹克听话地照做了，他钻进那个挂着帽子和三明治袋子的壁橱，隔着壁橱的门跟女校长交谈。

"你，你这个男人，来这里做什么？"那位女校长用微弱的声音，断断断续续地问道。

"听我说,您这里的一个年轻小姐今晚要跟一个混蛋私奔!"匹克回答道,他尽己所能地想让对方感受到他的真诚,但他的话像是一块投入水中的石头,激怒了所有的人。

"什么?私奔?和谁?"所有人一同喊道。

"和一个叫作查尔斯·菲兹·马歇尔的先生,是您的一位朋友。"

"那是谁?我从来没有一个朋友叫这个名字!"

"那,那就是金格尔先生。"

"他又是谁?我敢发誓我这辈子没听过这个名字!"

女校长的回答击垮了匹克所有的信心,他被戏弄了,他上当受骗了,他几乎陷入了绝望之中。"女士,我上当了,我被一个无耻卑鄙的人设下了陷阱,如果您不相信我,就找人到安琪儿饭店找人问问。您一定要去找人问问,您找我的男仆来,我求您了,女士。如果您不放心,你们可以把壁橱锁上,我保证我就待在这儿等我的仆人来。"

"他有个男仆,哦,那他一定是位绅士!"女校长对一旁站着的女教师说道。

"绅士,不,我想就算他有仆人,那也是他家里雇来看管他的。他一定是个疯子。"那个女士回答道。

"格茵小姐,也许你说得对。我们派两个人去安琪儿饭店,其他的留下来。"女校长开始发号施令,其余人都按照这样的指令行动起来。匹克可怜地坐在关紧的壁橱里,等候山姆的到来。他的心里满是懊恼和悔恨,对金格尔的仇恨更深了。

一个小时过去了,派出去的女仆回来了。听声音,匹克发现来的人除了山姆外还有两个人。他被怒火塞满的脑袋根本没办法猜出这耳熟的声音究竟是谁。壁橱外进行了短暂的一段谈话,紧接着,壁橱的门被打开了。匹克面前站着寄宿学校的全体人员,以及匹克的朋友老华德尔及他未来的女婿,还有山姆。

匹克不顾自己湿透了的衣衫,奔过去握住老华德尔的手,激动地说不出话来。过了好一会儿,他才说:"我亲爱的朋友,你来了,看在上帝的份上，你要为我做证，我既不是强盗也不疯子！我是被人陷害了！你一定从山姆那里听说了这件事。你一定要给我做证，一定！"

老华德尔安抚地拍了拍匹克，说："我亲爱的朋友，你受苦了。我已经说过了，我已经告诉她们了。"匹克渐渐地恢复了冷静。

"我的主人，那种话不管是谁说的，都是胡说八道，信口开河。要是让我知道是这屋子里哪个男的说了这种话，哼哼，我一定要给他点颜色看看！"说着，山姆一手握成拳头使劲在空中挥了挥。"这屋子里的各位女士，你们知道是谁这样诋毁我的主人吗？我一定要让这个人受点儿教训！"

屋子里的女人们顿时被凶神恶煞的山姆吓得够呛，连忙让开。匹克仔细解释了一番，很快就和他的朋友们离开了。

回去的路上，匹克就像生了重病一样，什么也听不见，什么也不回答，一声不吭地回到自己的房间睡觉了。睡觉之前，他嘱咐山姆，倘使他按铃就端蜡烛过来。

过了不知道多久，山姆听见了铃响，赶忙端起蜡烛，来到备受打击的主人身边。

"山姆？"

"我的主人，您还好吧！"

匹克摇了摇头，屋子里又陷入了一片沉寂。山姆拿起剪子剪了剪烛心。

"那个该死的乔伯在哪？那个该死的骗子在哪？"匹克突然十分愤怒地吼道。

"他走了，先生。"

"跟他那卑鄙的主人一起走了？"

"不知道是主人，还是他的朋友。总之，他们走了，他们是一伙的，一样的可恶。"山姆边回答边握紧拳头，看来对于那两个人，他抱着同样的憎恨。

"一定是该死的金格尔发现了我，然后叫那家伙编故事骗你，是吧？是这样吧？"

"是的，应该是这样的，先生。"

"该死，下次，下次我绝对不会让他逃了。"

匹克从床上起来，使劲儿挥动拳头，打那无辜的枕头。他已经把那枕头看作金格尔那混蛋的脸，拼命地捶下去。"等我再见到他，我一定狠狠地揍他，让他尝尝拳头的滋味。我若不报复，我就不是匹克了！"

"还有那个该死的乔伯，倘若不抓住狠狠地打上一顿，让他真的流下悔过的泪水，我就不是山姆！"被匹克的情绪感染，山姆也在空中挥舞着拳头，好像正在打那个叫乔伯的骗子一样。

鬼影

这条铁路曾经出过两次撞死人的事故，每一次事故发生之前，火车信号人说他都会看到一个鬼影出现，几乎要向他扑来，像是预兆着什么。结果，这一次，他又看到鬼影了，难道死神又要降临了么？

当听到有个声音在呼唤他的时候，他正站在值班亭的门口，手中拿着一面小旗。考虑到这个地方的特点，有人可能会想，他将毫不犹豫地判断出声音来自何处，但是，他并没有抬头望向我站立的地方，而是四处打量，然后又低头看着铁轨。他这一行为显然有些不平常，但我也说不出那是什么。我在他上方，沐浴在落日强烈的余晖中，用手遮住阳光看他。

"嗨！下面！有没有小路可以让我下去跟你说话啊？"

他紧盯着铁轨转了一圈，然后抬起眼睛，看到了在他上方的我，没有回答。我低头看着他，也不再重复我那无聊的问题来催促他。就在这时，大地上和空气中出现了一阵模糊的颤动，很快演变成一种猛烈的震动——一列火车呼啸而过。火车经过时，一阵水蒸气在我面前升腾，随后四下消散了。我又一次向下面看去，看见他正把刚才火车经过时他拿出来的那面小旗子卷起来。

我重复了我的询问。他用卷起来的小旗子指着我所在水平面上的一点，两三百码的距离。我对着他喊道："好了！"我仔细地四下察看，发现有一条小路蜿蜒而下，随即踏上了那条小路。

这条路实在是又险又陡，在一堆潮湿的石块中盘行，我顺路而下，泥泞而湿漉。我发现这条小路之长足以让我回想起他刚才给我指路时的那份勉强与不情愿。

当我走下小路时，我看见他站在列车刚刚穿行而过的铁轨之间，那神情仿佛在等着我的出现。他右手横抱在胸前，托着左手手肘，左手则撑着下巴，看上去既期待又警觉。我不禁停顿了一会儿，惊讶于此。

我从小路走下来，踏上了铁道两边的沙石。越来越接近他了，他是一个面色深黄的男人，有着黑色的胡须和浓重的眉毛，他是我见过的感觉最孤独、阴沉的人。

路两边是凹凸不平的、湿乎乎的墙壁，除了头顶的一线天空外什么都看不到，前方的道路只是这一巨大地牢的曲折延伸，另一端的道路尽头是一片暗红色的灯光，通向一条阴暗的隧道，那巨大的建筑充斥着阴森、压抑、可怕的气氛。阳光极少能照进这里，因而这里散发着一股泥土的味道，阵阵冷风呼啸而过，令我感觉寒冷，好像脱离了人世一样。

在他移动前，我已经站在他面前，伸出手就能碰到他；从未将视线从我身上移开过的他向后退了一步，举起一只手。

"这可是一个寂寞的工作。"我说。当我从远处收回目光时，眼前的这个人牢牢地吸引了我的注意力。我想，这里鲜有来访者，我应该不会是一个不速之客吧？对于他，我只是一个曾经被封闭在狭小空间中的人，现在获得了自由，并对这伟大的工作产生了兴趣。我带着敬畏和他说话，但是我对自己使用的术语实在没有把握，因为这男人身上的一些东西令我丧失了勇气。

他十分好奇地注视着隧道尽头的红光，上下打量着，就好像那上面少了些什么，随后目光又转向我。难道那灯也是他的部分职责所在？

他声音低沉地回答："难道你不知道它也归我管？"

当我解读着他固执的眼神和阴郁的面容时，我的脑中出现了可怕的想法，这不是人，而是一个幽灵。这时我开始思考，他的大脑是不是有什么病。

现在，轮到我向后退了。但是，在我向后退的时候，我从他的眼中发现了对我的恐惧，这一发现立刻赶跑了我先前的可怕想法。

"你好像很怕我的样子。"我硬挤出一丝笑容。

"我很疑惑，我以前是不是见过你。"他回答说。

"在哪里？"

他指向他一直盯着的那片红色灯光。

"那里?"

他很小心地提防着我,回答(但是无声地):"是的。"

"我的好兄弟,我会在那儿干吗呀?不管怎么说,我从来没去过那里,你可以确信这一点。"

"我想我确信。是的,我确信。"

他看上去轻松起来,就像我一样。他很爽快地回答我的问题,精心斟酌着字句。不是要在那儿干很多活?是的。也就是说,他要承担很大的责任,必须非常认真,具备高度警惕性,但差不多没有什么实际工作——体力活——需要他去做,更换信号、调整灯光以及偶尔转动这个铁把手就是他在这里要做的全部工作。

对于我所提到的那些漫长而孤单的岁月,他只是说他的生活轨迹将自己塑造成了这样,而且他已经习惯这种生活了。他在这里自学了一种语言,如果仅仅是通过灯光传递信号也能被称为一种语言的话;他还学习了分数和十进制,并尝试了一点数学,虽然他一直以来都是一个拙于数字的人。

在值班的时候,他不需要一直待在潮湿的隧道中,在天气晴朗的日子里,他会选择待在不这么低沉阴暗的地方。但是,在时时刻刻都要加以双倍注意的电铃声中,他的这种放松恐怕比我想象的还要少。

他领着我走进他的蜗居,那里有一个火堆,一张他用来学习理论书籍的桌子,一个有着刻度盘、面板和指针的电报装置,以及他的一个摇铃。我坚信他会称自己受过良好的教育,并且(我希望我没有冒犯地说)可能还受过高于那个水平的教育,我注意到在大部分男人中几乎都存在这种情况。这种情况一般发生在工作间、警察局,甚至在最令人绝望的地方——军队,但或多或少也会在铁路队伍中这样。他说从小时候起(如果我能相信,但坐在那间小棚屋里几乎不可能)他就学习自然哲学和接触文学,后来因为一些原因堕落了,从此再没有爬起来过,不过他从来没有抱怨过那些。

我在这里必须承认的是,他一直是勇敢、平静地叙述这些的,不时地插进"先生"这个词，特别是当他提及童年时。期间他被摇铃打断了好几次，不得不停下来站到门外，在火车通过时挥舞旗子，还和驾驶员进行一些对话。不考虑他的职责，我注意到他非常精练而谨慎，他按音节来划分他的话语，并且知道在工作完成前都要保持沉默。

一句话，我将这个男人定义为那一职位所能雇佣的最可靠的人之一。在他和我交谈的过程中，他两次神色落寞地打断谈话，回头注视那个摇铃，然后打开小棚屋的门，向隧道尽头的红色灯光张望。

当我站起来要辞别时，我说："你几乎让我感觉到我遇上了一个正过着惬意生活的人。"

他面无表情，压低了声音说："我想我曾经是的，但是，先生，我有麻烦了，我有麻烦。"

"什么麻烦？你的苦恼是什么？"我迅速拾起这个话题。

"这很难说清楚，先生。如果你能再次来看我的话，我会试着告诉你。"

"我当然想再来看你。那么，什么时候呢？"

"早晨很早我就下班了，我明晚10点会再上班，先生。"

"我11点到这儿。"

他谢了我，和我一起走出门。"我会打开白色灯光，先生，"他用他特有的低沉声音说，"直到你找到上去的路。当你找到路时，别出声！当你到上面的时候，也别出声！"他的样子让我感觉这个地方更加阴冷，不过我只说了一句"好的"。

"而且当你明天晚上下来的时候，也别出声！临别前我想问你一个问题。是什么让你今晚来的时候大叫'嗨！下面'的？"

"天知道，我喊了一些带有那个意思的话？"我说。

"不是带着那个意思，先生。那是一些特别的话，我很熟悉它们。"

"我承认那是一些特别的话。我说出它们，毫无疑问，是因为我看见你在下面。"

"没有别的原因了？"

"我应该有什么别的原因？"

"你没有任何感觉那些话是通过一些非自然的方式传达给你的?"

"没有。"

他祝我晚安,然后打亮了灯光。我沿着火车来的方向走着(很不舒服地感觉好像有一列火车跟在我后面),直到找到了那条小路。上去比下来容易,我一路无事地回到了我住的小旅馆。

第二天,我按着约会的时间准时来到前一天晚上的那个小路口,这时远处的钟声敲响了。他正在下面等着我,并打亮了他的白灯。

"我没有出声,"当我们走到一块儿时我说,"我现在可以说话了吗?"

"当然,先生。"

"晚上好,这儿是我的手。"

"晚上好,先生,这儿是我的。"我们手拉手肩并肩地走回他的小棚屋,进去之后关上门,坐在火堆旁。

"我已经决定了,先生,"我们一坐下来,他就前倾着身子用比耳语高一点的声音说,"你不用再次问我是什么让我烦恼了。昨天晚上我把你误认为其他人了,我因此而烦恼。"

"他是谁?"

"我不知道。"

"长得像我?"

"我不知道。我从来没有看过他的脸,他的左胳膊挡着脸,右胳膊挥舞着,疯狂地挥舞着。就像这样。"

我看着他的动作,那是一个手臂姿势,带着极大的激烈情绪,似乎在示意"看在上帝的份上,扫清道路"。

"一个有月光的晚上,我坐在这里,听见一个声音大喊着:'喂!下面!'于是我站起来,从门口向外看,就看到那个人站在隧道附近的红灯旁边,向我刚才做给你看的那样挥舞着胳膊。那嘶哑的声音大叫着'当心!当心',然后又一次地大叫'喂!下面!当心'。我打开灯,调成红色,然后跑向那个人,问他:'怎么了?出什么事了?在哪里?'他就站在隧道口处的黑暗中。我走近他,很奇怪他为什么还用袖子捂着眼睛。我走过去,伸出手想把那袖子揭开,这时候他消失了。"

"走进了隧道?"我问。

"不。接着我跑进隧道500米,站住了,把手中的灯举过头顶,看见标准距离的那些数字,还看到湿泥顺着墙壁从拱顶滴落下来。我用比跑进来时更快的速度跑了出去(因为那个地方让我有一种很可怕的感觉),用红色的灯光仔细巡视,并登上铁梯上到隧道顶部,然后又爬下来再次跑回这里。我向铁路两个方向都发出电报:'发现警报。有什么事不对劲吗?'从两边传来的答复都是'一切正常'。"

我尝试着说服他那个数字肯定是他的视觉假象,以及那些数字如何引起视错觉,这些错觉时常困扰着某些病人,他们中有些人对自己的痛苦变得十分敏感,甚至通过他们自身来证明这一点。"至于假想中的喊声,当我们低声说话的时候,仔细听这个低谷里的风声,听风猛烈地刮着电报线的声音。"

我们坐着听了一会儿后,他说一切都非常正常,我想他应该了解了风和电报线会造成听觉失真——冬季漫长的夜晚里,他坐在这里伴随着它们那么长的时间。但是,他表示他还没有说完。

我请他继续说,然后他抓着我的胳膊,慢慢地说出了这番话。

"在那件事情发生后的6个小时里,这条线路上令人难忘的事故发生了,10个小时后,伤者和死者从那个人站立的地方被抬出隧道。"

一阵可怕的颤抖爬满我的全身,我尽自己的最大努力抗拒着。我回答道,不可否认,这是一个巧合,想要以此来影响他的想法。但我必须承认一点,于是我又说(因为我看出他要用反对意见来对我施压),具有常识的人不会允许生活中发生这么多的巧合。

他又一次表示他还没有说完。

我又一次请他继续他要说的话。

"还有,"他说,再一次抓着我的胳膊,眼神空洞地向上方看,"就发生在一年前。六七个月过去了,我已经从惊讶和震惊中恢复过来,然而一个早晨,天刚刚亮的时候,我站在门边,在红灯旁边又看到了那个鬼影。"他停了下来,眼神定定地看着我。

"他大声叫喊着?"

"不。他很安静。"

"他挥舞胳膊了?"

"没有。他靠在灯杆上,双手捂住脸,像这样。"

我看他做着动作,那是一个悲恸的动作。我曾经在坟墓的石像上看到过这种动作。

"你向他走过去了?"

"我走回屋里坐下来,一部分是想要试着整理我的思绪,一部分是因为他让我觉得头晕。当我再次走出门时,天色已经大亮,那个鬼影也不见了。"

"随后有没有事情发生?有没有事情出现?"

他的双手扣紧了我的胳膊,坚强地点着头说:"那天,当一列火车从隧道里出来的时候,我注意到在我这一边的一个火车窗口上好像有一堆模糊的头和手臂在挥舞着。我刚看到这些就向驾驶员示意停车,他切断火车动力,拉下刹车,但是火车从这里滑行出去 150 码或更远的距离。我跟在车后面跑的时候,听见了可怕的叫声和哭声。一位年轻女士刚刚在其中一节车厢里死了,尸体后来被搬到这里,就放在你我之间的这块地板上。"

当我看着他指的那块地板时,我不禁把自己的椅子往后挪了挪。

"真的,先生,这是真的。它就是这么发生的,所以我才告诉你。"

我想不出要说什么,而且嘴巴顿时发干,风和电报线都为这个故事发出长长的悲鸣。

他又继续说:"现在,先生,看看这些吧,我的精神受着怎样的折磨。一个星期前,鬼影又回来了。从那时起,他就不时地出现在那里,一阵一阵的。"

"在灯旁边?"

"在危险指示灯旁边。"

"看上去他想干什么?"

"他重复着之前的那个姿势——好像在说'看在上帝的份上,扫清道路'。"他接着说,"我因为他而无法平复自己。他冲着我大喊'下面!当心'，并以一种极度痛苦的姿态持续了好几分钟，他站在那里冲我挥手。他还晃我的铃铛——"

我抓住了那句话："我昨晚在这儿的时候他是不是摇动你的铃铛了，然后你走到门口？"

"两次。"

"为什么？看，你的幻想是怎么误导你的。我的眼睛就看着那铃铛，我的耳朵也听着那个铃铛的声音，而且我是一个大活人，它在那时候根本就没有响。没有，其他时候也没有响。车站因为正常事宜联系你的时候，铃铛才会响。"

他摇着头，"我从没有犯过那样的错，先生。我从没有混淆过鬼影摇晃的铃铛和人摇晃的铃铛。鬼铃声是一种奇怪的震动，没有其他任何东西触动它，我没有说铃铛就在眼前晃动。我不知道你为什么没有听到，但是我听到了。"

"那么，当你向外面看的时候，鬼影在吗？"

"他就在那里。"

"两次都在？"

他肯定地回答："两次。"

"你愿不愿意现在陪我到门口一起看一看？"

他咬着上嘴唇，好像有些不愿意，但还是站了起来。我打开门，站在台阶上，他站在门道里——危险指示灯就在那里，那边是阴沉的隧道口，另一头是高高的、湿漉漉的石头小路。

"你看到他了吗？"我问他，特别观察着他的面部表情。他的眼睛看向前方，特别紧张，但是并不比我看向指示灯的眼神紧张多少。

"没有，"他回答，"他不在那里。"

"同意。"我说。

我们走了回来，关上门，坐了下来。当他以一种十分肯定的口吻重新拾起话题时，我正在考虑怎样才能最好地发展这一优势——如果这可以被称为一种优势的话——来假定我们之间可能根本不存在什么问题。

"现在您就可以完全理解了，先生，"他说，"困扰我的就是这个问题，这个鬼影意味着什么？"

我告诉他，我不确定是否完全理解了。

"这个鬼影又要警示什么？"他沉思着，眼睛盯着火堆，偶尔看我一眼，"这次的危险是什么？在哪里？这条线路上的什么地方存在着危险。某个可怕的事故将要发生，毫无疑问，这是第三次警示。这一残酷的事实常常浮现在我脑中，我该怎么办？"

他掏出手帕，擦去前额上的汗水。

"如果我向铁路的某一个或者两个方向都发出电报示警，我将无法说明警示的原因，他们会认为我疯了。事情会像这样，信息：'危险！注意！'回答：'什么危险？在哪里？'信息：'不知道。不过，看在上帝的份上，注意！'他们会把我给撤换了，除此之外他们还能做什么？"

他的痛苦显而易见，这是一个精神上受到折磨的男人，他承担着一种无法说清的对生命的责任。

"当那个鬼影第一次站在危险警示灯下的时候，"他接着说，并把他的黑色头发抚向脑后，双手交叉着，处于极度悲伤之中，"为什么不告诉我那个事故将在哪儿发生，如果它注定要发生的话？他第二次出现的时候为什么不直接告诉我：'她会死，让他们把她留在家中？'如果他来的那两次只是为了告诉我他的警告是真实的，而且让我准备着即将到来的第三次，那么他为什么现在不明白地告诉我呢？哦，上帝，救救我吧！在这个孤独小站里的可怜的信号员！我为什么不去告诉那些能够让人们相信的而且有能力采取行动的人呢？"

当我看到他这样的时候，我知道为了他也为了大家的安全，我此时要做的就是让他的情绪稳定下来。因此，我把我们之间一切有关真实或不真实的问题都抛在一边，对他说不论是撤换了谁都不会做得更好，而且至少他完全理解了自己的责任，尽管他没能领会这些复杂的现象。

在这一点上，我比自己想象的还要成功地将他从自我负罪感中解脱出来。他冷静下来，随着夜越来越深，他的岗位要求他更加集中注意力。我在凌晨两点离开他那里，我曾经提出来要留一整夜，但是他没有接受我的意见。

我走在小路上的时候，不止一次地回头看那红色的灯光，我没有理由忽视这一点——我不喜欢红色灯光，而且我也不喜欢那两件事故的结局，还有那个女士的死亡。我同样没有理由去忽视这一切。

但是我考虑最多的还是在我得知了这些事情之后该做些什么？我已经知道这个男人是聪明、谨慎的了，但是他能在那样的精神状态下保持多久呢？尽管职务低下，他还是坚守着最为重要的信念，那么我（打个比方）是否愿意将我自己的性命押在他还能够继续履行职责的偶然性上呢？

我无法克制地感觉到在我和他的交谈中有一些不确定的内容，甚至他自己都未能明白。作为一种折中方法，我最终决定提出来陪他（或者能够暂时保守他的秘密）去我们那个地区最好的医生那里，听一听医生的意见。第二天晚上，他的值班时间改变了，他告诉我，在日出前一两个小时他就下班了，日落之后才会再上班。因此，我和他约定再次去探望他。

第二天晚上是一个可爱的夜晚，我早早地出了门，一边走一边欣赏夜色。当我穿越那条小路旁边的田野时，太阳还没有完全落下去。我大约散步了一小时，对自己说——走半个小时，然后花半个小时回去，那就正好来得及去信号人那里。

在我开始散步前，我站在山崖边，向下看去，第一眼就看到了他。我无法描述我产生的那种颤抖，在隧道口，我看到一个男人的身影，他用左手的衣袖蒙着眼睛，疯狂地挥舞着他的右手。

占据我内心的无名恐惧立刻消失了，因为在这一刻我看到那个男人的身影是一个实实在在的人，而且旁边还有一小群其他人，似乎他在向他们重复着他所做的动作。危险警示灯并没有亮起，灯杆对面用木桩和防水油布支撑起一个全新的低矮棚屋，它看上去并不比一张床大多少。

我无法抑制地感觉到出了什么事，我以最快的速度跑下了那条小路。

"发生了什么事？"我问那些人。

"信号人今天早晨死了，先生。"

"是不是住在那间棚屋的人？"

"是的,先生。"

"是不是我认识的那个人?"

"如果你认识他的话,你会认出他来的,先生,他的面容非常沉静。"其中一个人说,庄严地脱下了他的帽子,然后掀起油布的一端。

"哦,这是怎么发生的,这是怎么发生的?"油布重新盖上,我不停地问着他们。

"他被一辆列车碾过,先生。在英格兰没有人比他更了解他的工作了,但是不知道为什么,他没有注意到开过来的列车。那是白天,他打亮了信号灯,手中提着他的小灯。列车从隧道出来的时候,他背对着车,然后车就从他身上碾过去了。开车的人诉说了事情的经过。说给这位绅士听,汤姆。"

那个人穿着黑色衣服,重新走回隧道口处他原先站立的地方。

"从隧道弯口拐出来,先生,我看见他站在隧道尽头,就像我从一架望远镜中看到他一样。那时已经没有时间控制速度了,我知道他一向很小心,但他看上去好像没有注意到汽笛,于是我们经过他的时候我就把汽笛关了,然后尽力向他大声呼喊。"

"你说了些什么?"

"我说:'下面!小心!小心!看在上帝的份上,扫清道路!'"

我惊跳起来。

"啊!那真是可怕的时刻,先生。我一直不停地对他大喊着,我用一只手捂着眼睛不敢再看,另一只手一直挥舞示意,但是都没有用。"

没有再多听这样的描述,我就打断了他,说出了其中的巧合,不仅仅是这个可怜的信号人向我重复提起的、困扰他的那些话,还包含我自己加上去的话和我脑中他模仿的那个动作。

疯狂的雷德罗

圣诞节的夜晚，雷德罗突然有了恐怖的魔力，于是从这天起，周围的人都成了这魔力吞噬的对象。难道就没有人能制住疯狂的雷德罗吗？

（一）

每当人们感到自己不知所以然时，总会说："难道是鬼上身了？"

在这里我要说一句："对极了，你就是被鬼上身了。"

有这样一个人，纵使他衣着得体、仪态优雅，你也会从他灰暗苍白的脸颊、深陷的眼窝和晦暗的黑色装扮中感受到一种无法言喻的恐怖气息。他的脸如同商店里的人形模特一样毫无生气，灵魂就像被虫蛀鼠咬过一般残破不堪。他沉闷少言，阴郁骇人，离群索居，好似人间的快活与他无关。每当他开口说话时，声音如同砂纸蹭在了墙上，还会产生回声。

他喜欢独自在自己装满书籍和实验器材的卧房里，五官和四肢都沉浸在化学的领域。在寒冷的冬夜，他孤独一人，身陷实验器材与药品之中，狂舞的火焰将他身旁奇形怪状的物品投射在墙上，昏黄灯光将他的影像变成贴在墙上甲虫似的怪兽。装着液体的玻璃器皿不停颤抖，似乎化学家的力量足以让它们粉身碎骨。他在完成所有工作之后，会坐在老旧靠椅里冥思，在生锈的壁炉和燃烧的炙热火焰的映照下喃喃自语，屋内却一片死寂，没有任何声响。

面对这样一个人，难道你不觉他好像被幽灵附体了么？

他那寓所的荒凉偏僻与墓地无异，好像从前专门租借给学生住的阴暗老旧的宿舍。这个曾经也华丽美好过的建筑物如今却像被建筑者中途遗弃的废弃房子，被死死地捂在晦暗的天气里，在四周极速膨胀的城市挤压下呼吸困难，就像深陷在阴暗角落的枯井。老旧的烟囱耸立出来，那些老树被附近的烟雾肆意侵害，已经弯曲结瘤，卑微的杂草奋力拼搏才长出些许青绿。匆匆的脚步声也会打扰到寂静的街道，更不用说那些好奇眼神的探寻。这座建筑的日晷仪被遗落在凌乱的砖瓦堆里，几百年也不会有阳光的恩赐。可能是上天的补偿，这里的积雪比哪里都多，阴森的北方在城市的其他角落都是沉闷的，到了这里却变得疯狂。

走进那个低矮的住处，老旧的房屋里倒是有个温暖的火炉，虽然房屋的横梁有一个个虫蛀的洞，但你丝毫不用怀疑它的坚固，红木地板一直延伸到壁橱下面。整个城镇都压着它，像是要把它压进地底。

这个房子太安静了，以至于只要远处有声响或者门被大声关掉，就会把它惊得回音不断。但房子里可不是只有空荡的走廊和房间会发出回音，隆隆声与咕噜声四处窜动，直至深深的地窖。

（二）

这是一个寂静的冬日，他待在黄昏映照下的屋子里，狡猾的风从门缝、窗沿吹进屋子，发出刺耳的声音，幽暗的光影沉进了深渊。天色如此昏暗，事物的影子被拖得很长且模糊不清，街上的行人步履匆匆，希望在天黑之前赶回家。锋利的雪片切割着行人的皮肤，家家紧闭门窗，煤气灯在寂静的街道上忽暗忽亮。零星的几个行人被冻得瑟瑟发抖，旅人们承受着这里的刺骨严寒，疲倦的身体被风吹得不停战栗。

咆哮的海面上远离避风港的船和水手剧烈摇晃，孤独的灯塔让整个氛围显得更加恐怖，水手们不禁提高警觉。炉火旁那位聚精会神的读者因为猜测卡森到底被谁大卸八块而显得紧张不已，或者心想那位通常出现在阿布达商人卧房里的凶猛女人会在这样的夜晚突然出现在楼梯上。

微光在这个质朴乡村的林荫大道上隐隐消失，高大潮湿的蕨类与苔藓，满地的落叶，与成群的树木形成一片无法穿透的黑网，有水的地方泛出淡淡的雾气，黄昏的光线穿过玻璃射入古老的走廊和窗户。

在之前我们提到过的老旧建筑里，化学家陷在大靠椅里，注视着炉中的火，虽然他大睁着眼睛，却没有注意到那些跟着火光进进出出的幻影，而幻影们的喧闹让男子看起来更加安静深沉。风窜进烟囱里呜呜哭泣，屋外羸弱的老树让狂风推来推去，扰人的乌鸦不断发出嘎嘎声表示抗议。窗框嘎吱嘎吱地来回摇晃，破旧藤条在塔楼顶端嘎嘎抱怨，滴答的摆钟声提醒主人又过了 15 分钟，火焰随之熄灭，已烧成焦炭的木头伴随着一阵咔咔声塌落下来。

这时，突来的敲门声惊醒原本呆坐的他。

"谁？进来吧！"

"先生，我心里总有些害怕。您不知道，威廉太太今晚已经被吹倒好几次了。"这位穿着得体、手拿托盘的男人一边说话一边用脚卡住大门，闪身进来的同时又小心地将门关上。

"是被风吹的？我听到外面的风声了，确实不小。"

"她的确是被风吹倒的，雷德罗先生，庆幸的是她已经平安到家了。"男子一边说话一边准备着晚餐。

"先生，威廉太太实在太柔弱了，任何时候可能被伤着。"

"你说的没错。"雷德罗有礼貌地回应着。

"先生，她总是很容易被外界干扰，就在上个礼拜六，她与新过门的弟媳出去喝茶时，小心翼翼地希望不让裙子沾上污泥，但还是事与愿违；还有一次，她的一位朋友极力怂恿她参加在派克汉展览会中举办的摇摆舞音乐会，回来后她的身体就肿了起来。对了，还有一次她在宴会喝完酒回家时竟然触到了她妈妈安装的警报器；在巴特海那回，她的小侄子查理不小心将船划进防波堤，差点让她掉进海里。所以啊，威廉太太觉得有必要锻炼一下自己，让自己更结实。"

雷德罗以一贯的优雅态度回答："的确。"

威廉·史威哲边说边仔细检查餐桌上的每个细节，"是啊，先生。她总是这样，我跟她说过好几次，她和我们史威哲家族的人完全不同。哦，先生，这是您的胡椒。这就是我那 87 岁的老父亲老史威哲想赶紧退休以便好好管理史威哲家族的原因。先生，给您汤匙。"

"这样啊。"雷德罗显然有点走神。

"是的,先生,我觉得我的父亲是我们史威哲家族的神经中枢。您的面包,先生。史威哲家族其实是很庞大的,我们经常调侃,如果史威哲家族的人手牵手站着,都可以围英国一圈了,呵呵。刀叉和盐在这里,先生。"

威廉等不到主人的回应,便慢慢靠近雷德罗,用玻璃瓶弄出声音把他从沉思中叫醒,然后又继续刚才的话题。

"威廉太太也有同感。可是,史威哲家族没对社会做出什么贡献。先生,您的奶油。我跟我太太没有孩子,但我太太非常想要一个,没办法,人们的心愿总是很难达成。先生,您现在想吃晚餐了么?"

"嗯,可以准备晚餐了。"

"先生,我太太总能在十几分钟内把晚餐准备好。"威廉一边说一边把盘子加热。雷德罗出神地望着自己在盘子里的投影。

"先生,威廉太太总是有用不完的母爱。"

"哦,她做了什么吗?"

"她从不满足于只做好本职工作,她把所有的年轻人,不论来自什么地方的,都当成孩子对待,细心地照顾他们,您说这不是有无限母爱的表现么?"威廉翻转盘子,吹了一下被盘子烫到的手指。"哦,外面的天气这么冷,屋子里却能如此暖和,真好啊。"

"是啊。"雷德罗应和着。

"没错,就是这么回事。这正是我想要说的,先生。学生们都这么认为,学生们每天都有话想对她倾诉或者想向她咨询点什么,而且大家都把威廉太太叫作'史威奇',呵呵。我认为这名字听起来很顺耳,人们取名字不就是为了有个标志么,如果威廉太太有更突出的特点来代替她的名字,如'好脾气',也不错嘛,随便他们怎么称呼了。"

威廉结束了"演讲",以优雅的手势把加热过的盘子摆在桌子上,像在进行一场精彩的演出。这时,他刚刚赞美过的太太拿着托盘、提着灯笼走了进来,还有一位灰白头发的老人跟在她后面。

和威廉一样,威廉太太也是个单纯快乐的人,有着能让人感觉愉快的红润脸颊。威廉先生那淡白色头发看起来像要把两只眼睛分开以便应付忙碌的工作和生活，而威廉太太的头发却和威廉大不相同，她有一头垂坠的深咖啡色卷发，在帽子下显得端庄整齐。威廉先生穿了一条不起眼的深灰色长裤，威廉太太则穿了一条惹眼的红白格花裙，这裙子与她白嫩红润的肤色搭配得很好，裙子一层层的褶皱有序地排列下来，似乎再大的风也不能打乱它们。威廉先生穿着的外套永远松松垮垮的，然而，他太太的小马甲却很贴身合适，好像士兵的铠甲，保护她不受危险的侵害——事实上，我们也不认为她那平和的气质会招来什么危险。

"今晚雷德罗先生好像特别孤单，一副魂不守舍的样子。"威廉手拿托盘对太太低语。

威廉太太轻轻地把杯盘放在桌上，一点声响都没有，她从容地工作着，一点都没有惊扰到雷德罗先生。威廉和他太太相比就差太多了，一阵杂乱的声音过后只有一份油碟酱汁摆上了餐桌。

"菲利浦（那位白发老先生）手上拿的东西是什么？"雷德罗在享用晚餐的时候问威廉。

"是冬青树，先生。"威廉太太用亲切平和的音调回答。

"现在正是莓果成熟的季节。您的酱汁，先生。"

"圣诞节到来了，一年的时光又要结束了。在人生的长河中，我们经历太多事，遇到太多人，所以有太多的回忆在我们脑海中沉淀下来，又在不经意的时候闪现。这些记忆让我们快乐也可能让我们痛苦，它们在脑海中盘旋着，直到死亡降临，一切皆归于平静。菲利浦，这就是我们的人生啊！"雷德罗的音调有些上扬，显得心情十分激动。

老者手上抱着叶子油亮的植物，威廉太太在他们聊天的时候顺势剪下了一些小树枝用来装饰房间，给圣诞节那天增加一些点缀，因为这个节日对威廉太太那上了年纪的公公来说非常重要。

"雷德罗先生，进门时我就应该给您节日的问候，但是我了解您低调的性格，所以到现在才说。希望您能在圣诞和新年这两个美好的节日中感受到快乐，我也希望自己能欢度圣诞！我已经87岁了，还能享受到圣诞节和新年带来的快乐，实在是庆幸啊。"

"老人家一定有过很多节日的愉快经历吧?"雷德罗询问老菲利浦。

"没错,节日的美好回忆太多啦。"老人回答。

"你父亲的记忆力还好么?据说人上了年纪,记忆力就会衰退。"雷德罗转头低声询问威廉。

"也不全是啊!"威廉回应,"我可以这样跟您说,没有人的记忆力能比得上我的父亲,他真的是个奇人啊。我常常对我太太说,我的老父亲简直是个传奇人物,真的,先生。"

老史威哲抚弄着手中的冬青小树枝一边听儿子向雷德罗讲述自己,一边优雅地点头默认。

"这些小冬青树总能让我们想起过去的时光,有时对着它也会畅想一下未来,"雷德罗拍了拍老人的肩膀,看着老人说,"您说呢?"

"您说得对,它也让我想起了许许多多的往事。"老史威哲似乎沉浸在自己的世界中,喃喃地说,"毕竟我已经在人间走过87个年头了。"

"那您觉得自己幸福吗,是真的感觉到幸福吗?"化学家音调低沉地问老人。

"我的生活虽不能说完美,但也无愧于幸福二字。我还记得小时候的一次圣诞节,那天非常冷,但我执意要去屋外玩耍。当时我和母亲就像我们现在这个远近站着,我不知道为什么母亲本应喜悦的脸那么苍白,其实母亲那时已经病了,没多久她就去世了。鸟儿爱吃莓果这也是母亲告诉我的,那时我还是个小孩子,是母亲的心肝宝贝,天真地以为鸟儿就是吃了鲜亮的莓果才长了一双水灵灵的眼睛。我现在虽然87岁了,但对这件事仍然记忆犹新。"老史威哲看着雷德罗,自信地说。

雷德罗黑色的眼睛紧紧盯着老人,满眼怜悯地说:"还记得那些让您特别高兴的圣诞节吗?"

"记得,当然记得。我学生时代的圣诞节是最让我难忘的,尤其是节日将近时的那种喜悦感。那时候的我还是个年轻力壮的小伙子,这附近镇子里举办的足球比赛我未逢敌手呢,不信问我的儿子,他知道我有多厉害。是不是,威廉?"

"是啊,我父亲可是史威哲家族中的佼佼者!"威廉态度恭敬地回答父亲。

老史威哲看着冬青树,摇头说:"以前,我和威廉的母亲每年都要在莓果成熟的季节带着孩子们好好聚一聚,那时候孩子们还小,一张张小脸比莓果还可爱动人。再看看现在,孩子们大都不在我身边了,我的太太也已经过世,最让我感到骄傲的大儿子乔治还误入歧途,以前的乔治可是比其他孩子都令我骄傲啊。但我仍然要感谢上帝,他们都还健康地活着,在我眼中,乔治至少还是善良的,这对于我这个87岁的老头子来说已经算是幸运的了。"他脸上的表情慢慢归于平静。

"有一段时间,我的境况非常糟糕,人们对我的态度也有所改变,那时候我首先想到的就是回到这里当管理员,那是50多年前的事了,我的儿子,那可是超过半个世纪以前的事喽。"

"是啊!"

"我们多么幸运能认识那位创世者。我们用他给我们留下的钱买了圣诞节的装饰品,节日的愉悦气氛让整个家温暖起来。他的那幅老画一直挂在那里,我们非常喜欢,就在这幅画前,我们10个人聚在一起募集每年一度的津贴,那也是我们享用美味晚餐的地方。画里的绅士和蔼安静,一把山羊胡又尖又翘,围着毛皮围脖;图画的下部分画了一幅古书画卷轴,上面写着古老的英文字母:'万能的主,请赐予我栩栩如生的记忆!'雷德罗先生,您认识这幅画吧?"

"是的,我对那幅画好像很熟悉。"

"我清楚地记得,它被放在嵌板上面,是左数的第二幅画,我真的很感谢上帝让我的记忆栩栩如生。每年的圣诞节我都会把整栋建筑巡视一遍,这里的房间因为有了树枝和莓果的装扮而显得轻松活泼,这样的氛围让我的头脑都跟着聪明起来。就这样年复一年,仿佛每年我都随着主新生,生命中一切的美好或哀痛都让我更加热爱我的生命。我已经度过87个春秋冬夏了,这一切实在是难以用语言来形容。"

"人生苦短啊!"雷德罗暗自低语。

这时,房间突然变得异常幽暗。

"正如先生看到的!"菲利浦那因为疾病而苍白的脸颊顿时泛起红晕,一双蓝眼睛闪现出明亮的光彩。他说:"在这个季节,因为有了圣诞节这个节日,我拥有了数不清的美好回忆。哎呀,我这话匣子一打开就关不上了。我这一辈子都是这样,一说话就喋喋不休,真是个坏毛病啊。要不是凛冽寒冷的天气把我们冻僵,大风把我们吹散,或者黑暗将我们掩埋,恐怕我还会说更多的话。"

说完这些,他放下了说话时紧握的手臂,面色平和。

"先生,都是我打开话匣子就停不下来,耽误了您用餐。希望您有一个愉快的夜晚,也希望您能把握光阴,快乐生活。"老史威哲说。

"再在这留一会儿吧,"雷德罗说话的时候走回桌子旁边。显然,在雷德罗看来,和这个老管家聊天要比吃饭重要得多。"菲利浦,你再陪我说一会儿话吧。对了,威廉,你不是要跟我讲你太太梅莉做的了不起的事情吗?梅莉是不会反对你谈论她光荣的事的,快说说。"

"先生,我非常愿意。"威廉恭敬地回答,眼神却看向太太,一副很难为情的样子,"可是,先生,我太太正看着我呢。"

"你不会是害怕威廉太太的眼神吧?"

"啊?我当然不会害怕,"威廉说,"因为我知道没什么好怕的,她的眼神总是那么温柔,怎么会有不好的企图呢。我可不会怕她。梅莉,你到楼下来吧。"站在桌子后面收拾餐具的威廉显得有些慌乱,眼睛看向威廉太太,并且向她投去劝诱的眼神,好像在努力吸引她往某处看。威廉一副很神秘的样子,悄悄地向雷德罗的方向抬抬下巴,又用手指了指他。

"亲爱的,这没什么的,"威廉说,"到楼下来吧,亲爱的!我得让他们知道,我们俩比较起来,你完美得就好像莎士比亚剧。就当是为了那个可怜的学生,快到楼下来吧。"

"什么学生?"雷德罗抬起头来,看着威廉疑惑地问。

"哦,先生,"威廉用带着哭腔的音调说,"如果不是因为那个可怜的学生,威廉太太是什么都不会说的。我亲爱的梅莉,快到楼下来吧!"

"威廉先生没跟我商量就说出来了,知道他会说这件事的话,我也就不来了。是我要求他不要说的,先生!那个年轻的男学生病得非常重,恐怕今年的圣诞节和新年都没有办法回家过了。那个学生就住在耶路撒冷大楼最普通的屋子里，没有谁知道他住的地方，我也只知道这些。"威廉太太温和平静的语调让人感到她的话没有任何值得怀疑的地方。

"我怎么从来没听说过这个人呢？为什么没有人告诉我关于他的事？哎！真是个可怜人啊！请把我的外套和帽子拿来，告诉我那个学生的详细地址，门牌号是多少？"雷德罗立刻抬起头询问。

"先生，您不能去啊！"梅莉走到雷德罗面前，用温和的眼神看着他，表情平静，两只手搭在一起。

"为什么不能去？"

"先生，您不能去，您还是不要想着去那里了。"梅莉极力劝阻道。

"什么意思，为什么不可以去？"

"那个年轻的男学生是不愿意将自己的情况讲给外人听的，但威廉太太是个例外，她已经赢得了学生们的信任。毕竟威廉太太是个人人都喜欢的倾诉对象，每个人都愿意跟她聊心事，同性朋友很难从这个学生口中打听到什么。再说，他曾跟我说过，您不可能对他有什么印象。他虽然是您的学生，却从没想过要寻求您的帮助。"

"那个学生为什么要这么说呢？"

"其实，我也不太清楚。您也知道，我没什么头脑，我只是想给他一些帮助，让他的生活好过一些，让事情顺利一些。我了解他有多么可怜、多么孤独，又常常被冷落，人生的不幸都在他身上得到了印证！"

房间里的昏暗肆虐开来，那藏在雷德罗椅子背后的阴影及昏暗更加浓烈。

"你对他还有其他的了解吗？"雷德罗问道。

"他以前过得还不错的时候订过婚，"威廉太太说，"现在他在努力学习，想让自己有谋生的能力。很久以前，我总能看到他认真读书，可是现在他经常否定自己，心情很阴郁。"

"气温降低了！"老史威哲搓着双手说道。

"房间里的气氛怎么这么低沉呢，我的儿子威廉在哪？威廉，把灯打开，生上火吧！"这时，房间的阴暗更加浓重，温度也随之降低，躲在椅子背后的阴影愈来愈沉重。

"先生，梅莉是在一个非常寒冷的晚上回家时发现这个男学生的，当时他像只小动物一样蜷缩在门阶上瑟瑟发抖，梅莉还后悔没有提前两个小时回来看到他呢。您知道威廉太太是怎么做的吗？她把这个学生领回家，让他洗了个热水澡，给他拿了吃的，还在圣诞节早晨送给他一些衣服和食物。"威廉仔细想了一下，又说，"只要他不是自己跑掉，就能待在这里。"

雷德罗大声地说："菲利浦老先生，您很快乐，威廉，你也觉得自己快乐！我得想想我该怎么做，我得见见这个学生，保证不会耽误你的时间，晚安。"

他们在离开屋子关上那扇厚重的门时想尽量不弄出声音，可是大门依旧发出了隆隆声，过了好久声音才停止。在那扇门关闭时，房间变得更加幽暗了。

雷德罗在椅子上陷入沉思，此时那棵本来生命旺盛的冬青树已枯萎了，树叶散落一地，树枝也都枯死了。

在雷德罗背后，晦暗的阴影愈来愈沉重，它们不怀好意地聚在一起，阴郁恐怖。这个过程就像是幻觉，人类的感官根本感觉不到到底显现的是什么东西，他看到的只是自己眼前这个可怕的投影，这个有着铅灰色的阴沉脸庞与双手的鬼影，苍白的脸，冷酷诡亮的眼，白色的头发搭配暗淡的衣着。

鬼影毫无预兆地悄然出现，脸上挂着足以吓死人的表情。当雷德罗把手臂搭在椅子扶手上，在壁炉的火焰前沉思时，那个鬼影也跟他一起靠在椅背上，慢慢地靠近他。一张骇人的鬼脸随着男子的眼神窥探什么，恐怖的鬼影竟与男子脸上的表情如出一辙。

这个来来去去的鬼影就是被鬼附身的男子的同伴啊！

显然，这时候男人对鬼影的关注远远不及鬼影对男人的关注。圣诞节的愉悦歌声传来，他像是在思考，又像是在听着音乐，那个鬼影也跟着男人听着这音乐。

最后，男人开口说话了，但他仍然没有抬起头。

"又来了。"男人说。

"又来了。"鬼影说。

"我看见火焰里有你的身影,音乐中听到你的声音,风中能看见你,在这死寂的黑夜里你也不停地在我脑海萦绕。"被鬼附身的男人说。

鬼影赞同地点了点头。

"你今天又来干什么?专门来惹我的吗?"男子问。

"是你召唤我来的。"鬼影回答。

"没有!我没有召唤你,在这里你根本不受欢迎!"男子大叫。

鬼影说:"那又能怎么样,我现在就在这里。"

到现在为止,如果椅子背后那个恐怖的面部轮廓还可以说成是脸的话,那么在壁炉的火焰里显现的就是两张脸。男子与鬼影同时向炉火望去,只不过他们彼此躲避着对方的眼神。可突然间,被鬼附身的男子转过脸死死地盯住鬼影,鬼影也瞬间穿过椅子,移动到男子面前,以同样的眼神盯着男子。

还带着活人气息的男子与自己恐怖的死亡影像彼此凝视着。

在冬季幽暗寒冷的夜里,一栋偏僻的老旧建筑物里的一位男子被可怕的鬼影凝视着。狂风在屋外呼啸,它们好像要急急地赶向一个神秘的目的地,它们来自何方,去向哪里,从上帝创世至今,没有一个人知道谜底。天上数百万颗星在难以想象的远古世界里闪耀着光亮,在那个世界,无论多么庞大的身躯都像细沙一样渺小,已存在了几亿年的宇宙却依然处在婴儿期。

"看着我!"鬼影说,"我和他就像一个人,我们的童年都那么悲惨可怜,我们面对的只有人们的冷酷,干不完的活儿,受苦一生,这种痛苦直到我在坍塌的矿坑中悟透人生才结束。没有任何人提供帮助,我靠着自己筋疲力尽的双脚从矿坑中蹒跚地走出去。"

"这也是我的童年啊。"雷德罗回答。

"没有哪个妈妈会说自己不爱孩子,"鬼影停顿了一会儿继续说,"可是父母的关爱从来不属于我。在我小的时候,有一次跑到父亲的家里,却觉得自己像个陌生人一样;在我母亲眼中,我和她根本没什么感情。他们给我的关心和责任晚来早去,还美其名曰'给下一代充分的自由',

其实就是放任不管。如果他们对我有一点儿关心，那只能说是老天造化；如果他们放任不管，世界给我的也只能是些许同情。"

"不全是这样！"雷德罗用低哑的嗓音反驳道。

"别急，我还没说完呢，"鬼影接着说，"我还有一个妹妹。"

"曾经，我也有个妹妹。她是那么年轻、可爱又善良！那时我把她带到那个贫瘠、残破的家中，屋子都变得温暖起来，她就像一盏引路明灯，指引着我前进。"被鬼魂附身的男子将头靠在手上喃喃说着。这时，面带邪恶笑容的鬼影慢慢靠近椅子，从容地将手搭在椅背上，下巴贴着手背，用搜寻的眼神看着男子的脸庞，眼中闪现着激动的光芒。

"我看见火焰里有她的身影，音乐中有她的声音，在风中能看见她，在这死寂的黑夜里会想到她。"被鬼附身的男人低声说着。

"他爱过她吗？她那破碎的心很少爱谁。"

"够了，别说了……我要忘了这件事！我要把那段记忆锁起来！"雷德罗愤怒地挥着拳。

鬼影冷冷地说："就像她一样，不知什么时候溜进了一个梦里。"

"那个梦也溜进了我的人生啊。"雷德罗说。

"我的心中也燃起了同她一样的爱，这对我拙劣的性格来说实在是值得珍惜的。我很自卑，不知道该以什么样的方式将她留在我的生命里。我真的很爱她，现在的我依然如此。然而，我一生都在不停地奋斗，只差那么一点点，我就可以触到美好，那是段多么艰难的历程啊！在我生命的最后一段，我可爱的妹妹一直陪在我身边，直到我的生命只剩灰烬。"

鬼影继续说："我知道自己给不了她美好的生活，我甚至可以想象我的妹妹过着困苦日子的样子，就像我朋友的妻子那样，可是我的朋友有家产可以继承，我什么都没有。但我依然想象着那幸福的生活，还有光明的前程，享受着和孩子们在一起的天伦之乐，我们都像生活在伊甸园之中。"

"想象真是个迷惑人的东西，我怎么控制不住自己回想这些事情呢？"着魔的雷德罗说。

"这些回忆都是过眼云烟!"那个鬼影用毫无抑扬顿挫的音调回应雷德罗,空洞的眼神依旧死死盯着他,"面对与我相敬如宾的妻子,我找不到能让自己自信的源泉,她潜移默化地影响着我对人生的态度,最后却投入别的男人的怀抱,她将我的世界无情撕碎。当我可爱善良的妹妹看到我一无所有,生命的活力消耗殆尽,过往的欲望也得到报偿,然后……"

"她死了,很安详地去世了,非常平静,但依旧有一丝牵挂——她的哥哥。"雷德罗插话。

"这些过往就像昨天发生的一样!这么多年过去了,可往事依然那么清晰。没有什么感情能比孩子气的兄妹之情更加纯净美好,那是种难以磨灭的感情,让我有无尽的不舍,就像哥哥对待弟弟或是父亲对待儿子一样疼爱。有的时候我也会无端猜想,如果她有了爱人,还会像这样对我吗?但现在这些都不重要了!当一个人被挚爱的人背叛伤害后,那种伤口就算历经岁月也无法复原,那种不幸福的滋味和无法平复的失落感是无法言说的痛。所以,我心中的悲伤和懊悔不断折磨着自己。对我来说,回忆往事就是诅咒,假如可以让我忘却往事,那我会毫不犹豫地这么做。"

"你这个爱嘲弄别人的鬼魂!"雷德罗恼怒地跳了起来,用尽力气攻击另一个自己,"为何我总会听见别人在耳边辱骂我!"

"你需要冷静!把手伸给我,然后接受死亡吧!"鬼影发出恐怖的叫声。

雷德罗沉默下来,眼睛死死地盯着鬼影,似乎鬼影的话触动了他。鬼影似乎看透了他的心思,慢慢地从他身上退了出来,他高举双手,可怕的脸上飘过一缕胜利者的轻蔑微笑。

"如果有一种方法可以让我忘掉那些可悲的回忆,我会毫不犹豫地去做!"鬼影不断重复这句话……

"我有着邪恶的灵魂,萦绕在耳边的谩骂声让我的心情很烦闷。"被鬼附身的雷德罗用发抖的低沉声音回答。

"那是你自己的心声。"鬼影说。

"假如那是我自己的心声，那我怎么会这么苦恼。所有的人，无论男女，都有让他们或悲伤或悔恨的过去，也许他们曾经忘恩负义，也许他们对别人有过阴暗的妒忌，或者他们与别人有过利益冲突……这些个充满苦闷的人生，却怎么都找不到忘记悲伤和悔恨的出口。"

"如果人们能做到的话，就不会有这么多的悲苦人生了。"鬼影说。

"在他们那些过往的激情岁月里，到底沉淀着怎样的回忆啊！是不是每颗心都有轻易感受不到的悲伤和悔恨？今天晚上老史威哲回忆起的又都是些什么呢？真是让人头疼啊！"

"一般人终究是庸碌的！只有教养极好或拥有大智慧的人才会感受到这些悲伤，庸碌无知的灵魂是无法感受到的。"鬼影那分不清五官的脸庞闪现出一抹笑意。

"你是邪恶的引诱者！我对你毫无生气的神情和声音感到无比害怕，每当我说话，你那幽暗的恐怖影像就带着恐惧钻到我的心里，于是内心深处的叫喊再次响起。"雷德罗痛苦地说。

"承认现实吧，你那样的感觉足可以证明我拥有无穷的力量。让我施舍给你忘却的力量，忘掉那些悲伤、悔恨和烦恼吧！"

鬼影继续说："忘掉吧！我的力量可以让你与过往记忆的纠葛一笔勾销，剩下的就只是些模糊凌乱的痕迹了，最后连痕迹都会消失。这不就是你想要的吗？"

"别走！我的内心满是担心和害怕，你永远无法知道，你带给我的绝望感在我心中是多么沉重的恐惧，这种恐惧甚至无法用言语形容。我留恋自己过去的美好回忆，也不想变成一个对周遭世界毫无感情的活死人。如果我接受你的施舍，我会失去些什么？哪些东西将从我的生命中流逝？"雷德罗哭喊着，双眼瞪着鬼影高举双手的可怕姿势。

"这可是可遇而不可求的好事，那些回忆都会消失。"

"很多回忆吗？"雷德罗警觉地询问。

"就是那些随时出现在火焰中、音乐中、风中或死寂的黑夜里的痛苦回忆。"鬼影傲慢地说。

"什么记忆都不会留下？"雷德罗问。

鬼影站在他的面前好一阵子，原地不动，沉默不语，然后转身走向火焰的方向，又突然止步。"在我改变主意之前，你最好果断做决定。"鬼影说。

"改变命运的机会稍纵即逝啊！"雷德罗激动地说，"如果我的灵魂已经中毒，而且我能够利用恐怖的幻影去除被毒害的心灵，我可以这么做吗？"

"你的意思是，你同意了？"鬼影问。

"那需要一些时间，"雷德罗仓促地回答，"如果我能够选择，那我愿意忘掉一切。在这个世界上，是只有我这么想，还是任何时代的人都会这么想？所有人的回忆都伴随着或多或少的悲伤和烦扰，在这一点上，我与其他人没有什么不同，只不过他们不能像我这样有所选择。没错，我接受这场交易。"

"你确定要让自己的回忆消失？"鬼影重复。

"是的，我决定了。"

"忘却是一种恩赐！接受这个恩赐吧，从今天起我再也不会出现在你面前，我赐予你的能力你可转赠他人，顺从自己的心思，做你想做的吧！当你放弃原我而无法恢复时，只有通过接近别人，才能消耗这种力量。如果人们能将这些记忆删除，快乐就会多些。不用犹豫，去吧！让自己变成施惠者吧！从烦恼中挣脱出来！"鬼影高举毫无血色的双手激动地说着，像是在进行邪恶的祈愿或念着黑暗的咒语，冷酷的双眼不断贴近男子，脸上可怕的笑容清晰地印在男子的眼眸中，眼神也显得很冷淡。

雷德罗像是被钉在那里，一动不动，恐惧与疑惑充斥心中，总有幽幽的回音在他耳边回荡："摧毁那些接近你的东西吧！"这个声音渐渐消散了，之后一阵刺耳的哭喊声突然在他的耳边响起，这哭声不像是从走廊传来的，而像是来自另一栋大楼的声音，就像是黑夜中迷途之人的悲泣。

雷德罗低下头用困惑的双眼检视自己的双手，像是从没见过这个身体一样。突然，他狂叫一声，脸上显现出因陌生而恐惧的表情，好像一个迷失的旅人。

刚才的哭声不断传来，愈来愈近。雷德罗举着油灯，把墙上的厚重窗帘卷了上去，"嗨！嗨！往这个有亮光的方向走！"他一手高举油灯，一手拉着窗帘，试图看尽整个房间的阴影。这时，一个暗影迅速闪过，然后蜷缩在房间角落，像是一只野猫。

"什么东西？"好像是个野猫一样的小孩子，颤抖地躲在角落。他手里拿着一大捆破布条，姿势看起来贪婪可怕，仿佛是个邪恶的老人；他的面庞很平滑，明亮的双眼和瘦削的脸颊却给人苍老的印象，露在外面的细嫩双脚沾满血渍和泥土。说他是孩子倒不如说他是渴望变成人类的小动物，因为他的表情和动作就像野兽害怕遭到猎人捕杀一般。

"你敢打我，我就咬你。"小男孩说。

在几分钟之后，化学家依然因为这个景象感到不快，因为这个画面使他不自主地努力回想着什么，却什么也想不起来。他询问小男孩到这里的时间和原因。

"我要找一个女的，她在哪里？"男孩回答。

"你在说谁？"雷德罗问他。

"我要找那个女的，是她带我来这里的，还给我生着炉火。她出去好久了，我想找她，但是迷路了，我要找那个女的，不找你。"他突然跳起来，却没有发出多大声响。小男孩光脚踩在地上，雷德罗握住布条将男孩拽了回来。

"求你了！就让我走吧！"小家伙喃喃地哀求着，不断地扭动身体，"我又没对你做什么坏事，你就让我走吧，我要去找那个女的。"

"不能从这里走，我带你走一条更近的路。"雷德罗试图从他嘴里套出什么，因为他觉得这个小家伙一定与某些事情有联系。"你叫什么名字？"雷德罗又问。

"我没有名字。"

"你生活在哪？"

"生活？什么是生活？"小家伙甩开眼前的头发，盯着雷德罗看了好一阵子，用他的小脚乱踢，试图挣脱雷德罗的束缚，然后又大叫，"你放开我，我要找那个女的。"

雷德罗把他带到门口，说："往这边走，我带你去找她。"化学家疑惑地看着小男孩，冷漠的神情中充满厌恶、反感的情绪。

"给我点吃的吧。"

"她没给你东西吃吗？"

"上顿吃过，可是过一会儿还会饿啊！"当他发觉雷德罗已经放松的时候，迅速蹿到餐桌上，像小动物一样，把面包、肉和自己的那些破布条一起紧紧地抱住。

"喂！快带我找那个女人。"

"我赐予你的能力，你可转赠他人，顺从自己的心思，做你想做的吧！"鬼影随着冷风不停地敲打着他。

"我今晚哪儿也不想去，小东西！你顺着这个长廊一直走，经过一道黑暗的大门到达院子后，就能看到有亮光从窗户照出来。"

"是那个女人的房间吗？"男孩跳着出去了。在他走后，雷德罗带着灯笼回来，急忙将门锁上，他把自己扔在椅子上，受了惊吓似的蒙着脸。

现在的他真的是一人独处，寂寞又孤单。

（三）

矮个子的男人坐在卧室里，这间卧室与小商店之间只有一块小隔板，墙上贴着许多小张的剪报。卧室里有许多小孩与他做伴，他们会用不同的肢体动作给你留下深刻印象。男人用哄吓的方法已经哄睡了两个小孩，他们睡在温暖的床上，做着香甜的梦，但是这群"小魔头"大部分时间都处在亢奋的状态中，把家里弄得乱七八糟。

一个由生蚝堆叠而成的食物塔被放置在角落里，有两个孩子立即跑过来享用这些美食，在这个如同堡垒的房间里，他们不停地打斗，就像皮克特人与史考特人围攻英国人的城堡一般，进攻结束后再回到自己管辖的领土上。

除了扮演战争中的侵略者与顽强的反击者外，他们还不停地向床单发起冲击，因为扮演侵略者的小孩们就躲在那里避难。在另一张小床上，一个男孩将短靴和其他小东西丢进水里,这些东西都成了飞弹,满屋乱飞。淘气的孩子们把父亲的睡眠搅得一塌糊涂,就算这样,父亲还是不停地夸赞着这些小孩子,他们也着实很可爱。

一位年纪稍大的小孩子约翰尼·泰特比正背着一个婴儿踉跄地满屋走,膝盖上承受的巨大压力让他的身体不时倾向一边,他想用讲故事的方式把小宝宝哄睡,可小宝宝的性格很活泼,每次安静的时间都超不过5分钟,想把她哄睡可不是件容易的事。

约翰尼是这个区人人皆知的"小保姆",从星期一早上到星期六晚上,在兄弟玩闹的时候,他的怀里始终抱着小宝宝。小宝宝让约翰尼非常疲倦,不管他把宝宝带去哪里,她都难以安静。可是当约翰尼想要外出时,这累人的宝宝就会睡着,约翰尼也就没法外出了,当约翰尼想要待在家里时,宝宝又会醒来,他就不得不带她出去玩玩。大家都夸赞约翰尼,可他没有一个伙伴,他习惯从松垮垮的帽子下面看着外面的世界,还带着一副温驯满足的表情。他走路时一摇一摆,好像拿着大包裹的搬运工人。

显然,父亲在孩子的喧闹声中无法阅读报纸。刚才说的那个泰特比的父亲就是这间"泰特比公司"的老板,其实,所谓的公司只是个不景气的小商店而已。泰特比公司位于耶路撒冷大楼的转角,它的橱窗上展示着许多报纸和照片,公司仓库里还放着没卖出去的手杖与大理石雕刻品。这间商店还被当作蛋糕烘焙坊,但这种优雅精致的气氛在耶路撒冷大楼并不受欢迎。

泰特比公司曾经尝试过很多行业,例如在冲动之下投资小量金额于玩具事业,现在在橱窗里你还能见到一堆精致的石蜡娃娃被杂乱地堆放在一起,有些娃娃的脚搭在别的娃娃的脸上,有些娃娃的手臂和腿已经脱落。泰特比公司还做过女帽生意,一些金属线制成的单色无边呢帽还躺在橱窗的角落里。泰特比公司曾经也幻想自己能在烟草事业中得到发展,还试图在美洲任原住民为代表驻扎在烟草种植区,可惜的是,烟草生意也没有为它带来任何转机。

几年时间过去了,泰特比公司带着绝望的心态将资金投入装饰品生意里，现在橱窗长格的玻璃里还有一张盖了廉价图章的卡片，几个铅笔盒，还有些其他东西，标着"九便士硬币"的价签。虽然泰特比公司做过这么多生意，耶路撒冷大楼却从没对泰特比公司有什么支持，泰特比公司也试过到别的地方经营，但总是事与愿违。因此现在能剩下"公司"这个头衔已经是最好的情况了，毕竟那也算是一个无形的产业，不受琐碎生活的影响，也用不着缴乱七八糟的费用，甚至无须承担养家的责任。

泰特比坐在卧室里思考一件家庭琐事，越想越混乱，于是他开始阅读报纸。后来，他将报纸放下，在起居室里来来回回地走动，显得焦躁不安，像只迷失方向的信鸽。他竟然责备起家里最乖的那个成员——约翰尼。

"你这个坏孩子！你爸爸在寒冷的冬天干着累得要死的活挣钱养家，你就不感到心疼吗？我可是从早上五点之后就开始工作啊，难得的一点休息时间你们也要搅乱吗？你哥哥阿达夫在充满寒冷雾气的天气里辛勤工作，而你却能够跟其他孩子舒舒服服地生活，你一定要让家里变得乱七八糟，让我和你妈妈变得像疯子一样吗？"泰特比在每一句问话后都会假装打他一耳光，但是想想状况也没那么糟糕，挥起的手也就落不下去了。

"爸爸，我也做了不少事啊，照顾莎莉，哄她睡觉不也算帮了忙吗，爸爸？"约翰尼小声地哭着说。

约翰尼伤心的样子让泰比特的态度逐渐改变，声音也越来越柔和，最后他抱了抱约翰尼，又去拥抱别的小孩，这样的沟通方式显然是有效的。过了一会儿，泰特比与孩子们一起大玩越野游戏，在摆满椅子的复杂地形中追捕孩子们，被逮到的孩子就要接受惩罚，就是早早睡觉。这个办法对这些淘气的孩子有着神奇的功效，不一会儿就有两个孩子被哄睡了。

"约翰尼，你哥哥阿达夫今天回家晚了，他要是再晚点到家，就会被冻成冰块的。也不知道你妈妈去了哪里？"泰特比一边说，一边拨弄炉里的火堆。

"爸爸，妈妈和哥哥归来了！"约翰尼大喊。

"嗯！是我那可爱小女人的脚步声。"泰特比一边回答，一边竖起耳朵仔细听。

泰特比一直认为他的妻子是个小女人，至于原因，别人谁也不知道。人人都知道泰特比太太强壮的个头与强悍的个性，但是泰特比认为那是最优美的身材。泰特比夫妇不喜欢娇小的体格，可惜他们的7个儿子长得都不高大，但泰特比太太一直认为莎莉是个例外。至于真假，约翰尼是最有发言权的，因为他每天都抱着这个小妹妹，每一小时都受她体重的折磨。

泰特比太太提了一个篮子从市场回来，摘下帽子和围巾，疲倦地瘫坐在椅子上，她让约翰尼把可爱的妹妹抱过去让她亲亲。约翰尼顺从地完成任务后坐回凳子上休息。阿达夫·泰特比花了很长时间才摘下长长的七彩毛织围巾。阿达夫也学母亲要求约翰尼做同样的事，约翰尼又顺从地完成任务，然后回到小凳子上休息。这时候，泰特比也有了兴致，用父亲的威严要求约翰尼做同样的事。这三个人可把约翰尼累坏了，他差一点坐不回凳子上。

"阿达夫，我的好儿子，你全身都湿透了吧？快到我的椅子上坐下，擦擦吧。"泰特比紧张地询问。

"不用，爸爸，没怎么湿。是不是我的脸很油亮？"阿达夫用手理了理衣服。

"嗯，像上了一层蜡似的。"泰特比回答。

"都是这该死的天气害的，让我的脸上长了很多疹子，真难受。"阿达夫用已经磨损的夹克袖边擦了擦脸颊。

阿达夫为报社工作，那个报社倒是比他父亲的公司兴旺许多，他属于一般小职员，负责在火车站贩售报纸。他矮小肥胖的身材在火车站不停地穿梭，像是丘比特天使，只不过衣服要糟糕许多，阿达夫还是个未满十岁的孩子，但尖锐的叫卖声闻名整个火车站，不亚于火车汽笛的声音。

阿达夫孩童的特质也许对做生意来说是一种缺点，特别是在交通单位的工作环境中，但他总能找到寓工作于娱乐的方法，在不影响工作的前提下,他会把漫长的一天划分开来,当成不同的玩耍时间。他自己发明的游戏设计得非常巧妙,简单又有趣。

在一天中不同的时间段,他会不停地变化"报纸"这两个字的发音方式。冬日黎明之前,人们总能听到阿达夫大声叫卖"早……报……";快到中午时,他又把音调改成"召……报……";到了下午,他又会变成"朝……报……";再过一会儿,他喊的又变成"早……宝……";下午时,他的叫卖声跟着夕阳变成"晚……报……",这样的游戏让阿达夫心情愉悦。

泰特比太太坐在椅子上,帽子与围巾搁在身后,若有所思地转动手上的结婚戒指,然后起身去换晚餐的衣服。

"喔,亲爱的!这就是生活啊。"泰特比太太说。

"我亲爱的老婆啊!你想说什么?"泰特比朝四处望了望。

"也没什么。"泰特比太太敷衍地回答。

泰特比挑挑眉毛,把报纸翻页折叠,他的眼睛在报纸上来回搜索,这瞧瞧那看看的,却不仔细阅读。

泰特比太太还在准备晚餐,不过今晚她不大一样,动作粗鲁极了,像是在惩罚桌子,刀叉也被她弄得哐当作响,面包也成了发泄物被她重重地摔在桌子上。

"这就是生活啊。"泰特比太太重复着说。

"亲爱的,你在说什么啊?"泰特比先生疑惑不解。

"没什么。"泰特比太太还是不肯说。

"苏菲亚!你刚才就是这么敷衍我的。"泰特比有点不高兴。

"本来就没什么,你问一百遍我也是这么说。"泰特比太太倔强地回答。

泰特比望向他最爱的妻子,虽然惊讶但仍然语气温和地询问:"你今天怎么了,为什么拒人于千里之外?"

"我真不知该怎么回答你,别再问我了,好不好?"泰特比太太无奈地说。

泰特比放下报纸在房间里来回踱步,他温和的步伐倒是跟他对妻子温和的态度很搭调。

泰特比太太依旧在准备晚餐,但是从干活的态度上就可以感受到她平静态度下隐藏的敌意。她从大篮子里拿出一个油纸包,里面是黏稠的豌豆布丁和一个装有酱汁的盒子。酱汁的盖子一掀开,就有阵阵香味飘散出来,引得睡觉的孩子也醒来了,他们的眼睛一直盯着餐桌上的美食。

泰特比假装没看到妻子用餐的暗示,慢慢地起身,对着两位稍大点的儿子嚷起来:"阿达夫,再有一分钟你的晚餐就好了。这是你们的母亲冒着风雨到商店里买回来的,真是对你们太好了。约翰尼,你赶快过来吃饭,你对宝贝妹妹这么体贴,你妈妈很开心。"

听到这些话以后,泰特比太太心中五味杂陈,用手臂围着她丈夫的脖子哭着说:"噢!泰特比,我怎么能冒出一走了之的想法。"

泰特比太太突然的温柔让她的丈夫和孩子都吃了一惊,像连锁反应一样,大家都哭了起来,在床上的小泰特比们顿时安静下来,好像打了败仗一样惊慌,他们悄悄地从隔壁房间溜进餐厅,想探究一下到底发生了什么事。

"泰特比,我比这些孩子还幼稚无知。"泰特比太太一边啜泣一边说。

似乎泰特比不愿听这些话,过了一会儿才说:"亲爱的,你不要这样说。"

"我真的还没孩子懂事。约翰尼!别只顾着看我,照顾你妹妹,万一她从你膝盖上摔下去那可是会出人命的。亲爱的,我真的很害怕会出这样的事,但是,事情往往……"泰特比太太把已经到嘴边的话又咽了回去,又转起手指上的结婚戒指。

"我明白!我知道我的小女人过的是什么样的生活,恶劣的天气与艰辛的工作折磨着她,我知道,请上帝保佑我和你永远在一起!"

泰特比边说边用叉子翻搅碟子里的酱汁:"你妈妈还买了些酱汁,还有烤猪脚,这里有佐料酱汁与芥末酱,乖儿子,趁着猪脚还热,赶快过来吃饭吧!"

阿达夫用不着父亲召唤第二次,马上端着盘子过来狼吞虎咽地吃了起来。父亲给了约翰尼一些面包,酱汁不小心滴了一些在小莎莉身上。

躺在床上的小泰特比们无法抗拒晚餐的香味，他们趁着爸妈不注意时爬了出来，央求哥哥们分些食物给他们。哥哥们心软，每次都会分给他们一些，所以每到吃晚饭时，你都能在客厅看见小泰特比们穿着睡袍到处乱跑，相互抢夺食物，这也是件很让泰特比先生感到困扰的事。他必须不时地起身呵斥孩子们，结束他们的"混战"。

泰特比太太似乎有很重的心事，晚餐没吃几口，她一会儿笑一会儿哭，这让泰特比不知所措。

泰特比太太突然说："你过来！我想跟你说说我的想法。"

泰特比拉了拉椅子靠近他的妻子，泰特比太太笑了笑，抱他一下。

"亲爱的，我还没结婚的时候很乐于结交朋友，我是个自由的人。你知道吗？有一回，有四个人一起追求我，其中有两位还是马尔斯家族的儿子。"

"亲爱的，我也是马尔斯家族的亲戚啊。"泰特比说。

"我没说那个，我指的是他的官衔是陆军中士。"

"哦！"泰特比想了一下点了点头。

"我说这些并不是怀念他们的追求，因为我现在有个让人羡慕的好老公，我也很爱他。"

"你真是个好妻子。"泰特比说。

也许是因为泰特比的身高还不到十英尺，他才乐于接受泰特比太太高壮的身材，也可能是因为泰特比的身高不是两英尺，他的妻子才觉得他能配得上她。

"今天是圣诞节，大家都放假了，都去市场买东西，我也很想像那样购物。街上卖着各种各样的商品，有美味的食物、漂亮的礼品等。但是我在买东西之前要不停地算账，我有太多东西需要买了，可是我只有那么一点点钱，这让我很难过。我们没钱去别的地方，我的心情非常糟糕。"

"噢，亲爱的，我们应该接受这个事实啊。"泰特比摇着手说。

"噢！我亲爱的丈夫，当我在家待了一阵子后，发现一切都不一样了。以前的美好回忆突然排山倒海地涌现，我的心都被软化了。我们共同经历过太多事，为生活打拼、被疾病折磨、为孩子们付出，等等。这些回忆像要告诉我，我们的心是连在一起的。亲爱的，之前的幸福曾被我无知地糟蹋，现在那些快乐对我而言弥足珍贵，我无数次地忏悔自己的愚蠢行为，并且对自己说：'我怎么会那么狠心？'"

泰特比太太激动地诉说自己的心声，她大哭起来，然后紧紧抱着泰特比先生。她哭得太伤心了，以至于把孩子们从睡梦中惊醒，小家伙们靠在母亲身边。这时，她突然用手指着一位刚走进门、身穿黑色斗篷的苍白男子，惊恐地说："你看那个男人！他是来干什么的？"

"亲爱的，你松开手，我过去问问。"泰特比先生说。

"我刚才从街上回来时就见过他，他慢慢向我走来，我觉得很害怕。"泰特比太太说。

"你为什么怕他？"泰特比先生疑惑地问。

"我也不清楚，等等，站住！"泰特比太太突然大叫，还一手摸额头，一手捂着胸口，全身止不住地颤抖，好像她将失去什么重要的东西似的。

"亲爱的，你是不是生病了？"泰特比先生温和地说。

"他想从我这拿走什么？他到底想干什么？我没有生病！"泰特比太太神情茫然地看着地板回应丈夫。

那位陌生男子站得僵直，一动也不动，眼睛盯着地面。"先生，你有什么事吗？"泰特比先生向他询问道。

"真抱歉这么唐突地来访，你们刚才在聊天，所以没有注意到我进来。"拜访者回答。

"你刚刚也听见我妻子的话了吧，她今晚已经被你吓到两次了。"泰特比先生说。

"真对不起，我只记得在街上见过你的妻子，但我没想到会吓着她。"穿黑色斗篷的男子说话时，正好与泰特比太太对视。泰特比发现，妻子真的非常害怕这个男人。

"我叫雷德罗，是附近学院的老师。我听说有一位年轻男学生住在你们这里……"穿黑色斗篷的男子说。

"你说的是丹翰先生吧？"泰特比问。

"是的。"雷德罗说话前把房间检视了一遍,他似乎已经觉察到因为自己的到来而改变的气氛。

"那个男学生的房间在楼上,有一个小楼梯,既然你已经到了这里,那就上去看看吧,外面实在是太冷了。如果你要见他,就上楼吧。"泰特比一边说,一边用手指着与起居室相连的通道入口。

"是的,我想见见他,可以给我一盏烛火吗?"穿黑色斗篷的男子那张枯槁的脸显得很警惕,没来由的不信任感使他变得沉闷、不快乐。这让泰特比很是疑惑,他停顿了一会儿,眼睛盯着雷德罗先生看了好久,就像被迷惑了一样,昏昏沉沉的。

"我帮你照亮楼梯,跟我来。"过了好久,泰特比才回过神来。

"不!不用了!我自己上去就可以了,请不要告诉他我要上去,他没有想到我会过来。可以给我支蜡烛吗?我自己上去。"雷德罗迅速地回绝了泰特比的好意。雷德罗从泰特比手中接过蜡烛,不知道是不是无意,他触到了泰特比的胸膛,又急忙缩了回去。

看起来雷德罗并不想伤害他,只不过雷德罗也还不知道自己的新力量归属于身体的哪一部分,也不知道如何传送这种力量,更不知道接收到这种力量的人会怎么样,也许人们的反应会各不相同吧。雷德罗转过身上楼,当他到达楼顶时,忍不住停住脚步往楼下看。

泰特比太太还站在那个地方,紧张地转动手指上的戒指;泰特比的头往胸前倾,仿佛在思考什么;孩子们则聚集在母亲身旁,羞怯地看着这个陌生的拜访者。雷德罗往下看时,孩子们立刻紧贴在一起。

"回卧室去!看够了还不赶快回去睡觉!"父亲粗暴地说。

"这地方太小,待不了那么多人,快回卧室吧。"母亲附和地说。

小孩子们蹑手蹑脚地离开,活像是一窝刚孵出的雏鸡,他们一个个看起来都很害怕,约翰尼带着妹妹莎莉走在最后。泰特比太太眼神轻蔑地看着这间简陋的房间,开始收拾餐桌。突然,她停止动作,站在那里沉思起来,一副沮丧灰心的样子。泰特比坐到壁炉前,烦躁地鼓捣着里面的火种,把火堆往自己的方向移动,似乎想独占这份温暖。夫妻俩一句话都不说。

穿黑色斗篷的化学家脸色看起来比平常还要苍白，像个小偷一样悄悄上楼，看着楼下因他的出现而改变的气氛，不知道是该继续上楼还是转身离开。

"我做了什么让他们这么害怕？我上楼又是去做什么呢？"他疑惑地自言自语。

"去给那些痛苦的人们一些施舍吧！"他听见内心有一个声音如此回答。他环顾四周，什么都没看见。这时候他已经走到一个通道面前，这个通道将卧室分割开来，他继续向那个房间走去。

"从昨晚到现在，我就像被禁足于过往世界之外，一切都变得陌生起来，我竟然成了自己的陌生人，一切恍如梦境。我怎么才能想起，自己为什么要来这个地方呢？"

他走到一扇门前，敲了敲门，屋里响起一个年轻男子的声音："请进。"雷德罗应声进屋。

"是那位照顾我的善良女士吗？其实我也用不着问，除了您，还有谁会到我这里来呢。"虽然他的声音听起来有些无力，但听得出来，他的心情还是愉悦的。

穿着黑色斗篷的雷德罗顺着这个声音望去，一张沙发上躺着一个年轻男子，身体紧贴着壁炉架，背对着房门。壁炉简陋粗劣，看起来像是病人消瘦凹陷的脸颊，火炉里铺满砖块，微弱的火苗毫无温暖可言。雷德罗面向炉火，望着这个因为靠近风口而没什么温度的火炉，火焰发出吱吱的响声，燃尽的炭灰盘旋着掉在地上。

"这壁炉的灰太多了，连炉壁上的裂缝都被填满了。如果可以像精灵那样点灰成金，那我现在可是大富翁啦，我的生命就能延长一点，也可以爱梅莉那个没有存活下来的女儿更久一点，可怜的女孩也可以被更久地怀念下去。"他慢慢伸出手，希望善良的女士能和他握握手，可能是太虚弱了，他的身体动弹不了，只是把脸埋向另一个手掌，并没有转过身。

雷德罗环视四周，看到堆叠在角落里学生的书籍和放在桌上的一叠实验报告，还有一盏像被冷落了很久的阅读灯，它们像是被谁特意收起来，好让这个学生不再为学业所累似的。通过这些书籍与灯具可以看出，他在健康的时候有多么勤奋，或许正是他的勤奋让身心无法负荷才生病的。

他的外套被闲置在墙上，沉落的灰静静诉说着自己被遗忘的委屈。雷德罗的目光搜寻着纪念品、油画或者别的什么可以说明年轻男子并不孤独的证据，他看到年轻男子参加竞赛的奖品，还有一些男子的个人纪念品，墙上的一幅镶框人物像里面的影像并不像是与年轻男子有亲近关系的人。

过往韶华，已经不再属于雷德罗，他忘记了与年轻男子有关的人和事，当然也不会记得曾经那些远亲的模样。现在的这些事都让他感到陌生，就算偶尔会在脑海中闪现一丝模糊的印记，也没有其他可追踪的线索。他看着这个房间，脑海中就是那样的感觉。

这位学生很奇怪为什么善良的女士没有来和他握手，于是从沙发起身，转头看了一眼。雷德罗先生向他伸出手。

"别过来！我坐在这里，您就待在现在的地方吧！"年轻男子有些惊恐地说。

雷德罗在门边找了个位置坐下，静静地看向倚在沙发上的年轻男子，又将眼神看向地板。"我听说你生病了，在这个城市又没有亲人，孤单寂寞。不用追问我是怎么知道的，因为这不重要。我也只知道你住在这条街上，对你的其他事一无所知，幸运的是，我询问街上第一家的时候就找到了你。"

"我已经病了很久，现在好多了。多亏在我生病时一位善良的女士及时向我伸出了援手。"

"是那位管家太太吗？"雷德罗先生询问。

"没错，是她。"学生回答时低着头，流露出对照顾他的人的无限敬意。

这位化学家在得知这位学生的状况后就透露出无限的关心，那天晚餐时就表示要前来看望，可现在他那冰冷的脸庞毫无感情，样子就像墓碑上冰冷的大理石雕刻，根本不像正常的活人。化学家瞅了瞅年轻男子，眼神又从地板飘向空中，似乎在寻找什么，但他自己又感到很茫然。

"我知道你的名字,在楼下时他们一提到你,我就想起了你的姓名和长相,但我们师生好像并没有什么交集。"

"这倒是。"

"你好像比其他学生更疏远我,不愿意和我有更多的交流。"

年轻男子点头表示赞同。

"为什么?你为什么不愿意和我有更多的交流呢?为什么在寒冷的冬天,所有学生都回家以后,你还留在这个陌生的城市?我没想到你还在这儿,所以当我听到你生病时,感到很惊讶。我很想知道这是怎么回事。"

听到雷德罗的询问,年轻男子立即变得焦躁不安,他抬眼望着雷德罗,十指紧扣,嘴唇不停地颤抖,哭着说:"雷德罗先生?我还是被您找到了!您最终还是知道了我的秘密!"

"秘密?我知道什么?"雷德罗惊讶地问。

"没错!因为您变了,再也不是以前那受人喜爱的样子了,您不再对世界有丝毫的关心和同情,就连说话的语调都变了,您不自然的说话方式和脸上的表情告诉我——您知道了我的秘密。现在,您这副努力隐藏的样子更让我确信自己的秘密已经被您知道了。虽然我内心知道您是善意的,但我们之间的隔阂永远挥之不去了。"年轻男子说完笑了起来,笑声显得那么空虚。"雷德罗先生,我知道您是一个善良的人。虽然我的家族血统很复杂,但是我的内心是单纯善良的,请您不要将那些冤屈和悲伤加到我身上。"

"什么冤屈、悲伤!我不明白你在说什么。"雷德罗冷笑着说。

"看在上帝的份上,先生,请不要让刚才的谈话影响您善良的初衷,我会主动从您的世界中消失的,我会回到以前的偏僻寓所!请叫我现在用的名字,不要叫我洛佛德。"学生畏怯地乞求着。

"洛佛德!"雷德罗大声重复。

雷德罗的双手紧抱脑袋,转向那个男学生,一脸严肃,那张原本冷酷的、像被乌云遮盖了的面庞闪过一丝光彩,就像日光在暗夜乍现一般。

"洛佛德是我母亲的姓氏,雷德罗先生,我的母亲以她的姓氏为荣。

我了解家族中的往事，虽然有些东西只留下些微的蛛丝马迹，但我猜测事情的来龙去脉通常都与事实不相上下。我父母的结合是不幸的，因为那是一桩门不当户不对的失败婚姻。我小时候就常听见别人用尊敬、羡慕、敬畏的语调讲述您，母亲也时常向我讲述您的事情。在我小时候的想象中，您就是圣贤和光辉的代名词。我自己都没料到后来会成为您的学生，仿佛您就是我生命的动力……我不想一味地描述您对我有多么深远的影响，但您确实使我有动力去追寻过往美好的时光，没有哪个学生不想赢得大名鼎鼎的雷德罗先生的喜欢和信赖。可是，先生啊！我们之间的辈分与地位相差太大，我只能远远地仰望着您，每当想到自己和您还有那么点交集，我就会感到无比自豪，但是那些和我母亲没有交往的人却很乐意听名人雷德罗的一些流言蜚语。我难以形容对您的感情，但这些终将成为回忆；虽然只要您的一句话就足以让我振奋，可我仍旧不敢让自己靠近您。我认为自己应该去您的课堂，积极地了解您，但我还是要保持行事低调。雷德罗先生，我不得不说，请原谅我对您的欺骗吧！"

依旧皱着眉的雷德罗显然很不高兴，他面无表情地坐着，直到年轻学生走近他并想要握住他的手时，雷德罗急忙向后退，并慌张地对着学生大喊："不要靠近我！"

年轻的学生被雷德罗惊恐的动作和严肃的拒绝态度吓到了，他将手放在额头上，一副若有所思的样子。

"往事就让它随风去吧！回忆像细胞一样会渐渐死去，不必在意它曾经留下的痕迹。记忆会误导我们，我与你没有任何关系。如果你缺钱，我带来了，我今天来的目的就是给你点钱，除了这个，我没有别的目的。"

"请您把钱拿回去，我非常感谢您的到访和慷慨的援助。"学生用平静但骄傲的语气说。

"真的？你是真的想感谢我？"一丝光亮从雷德罗的眼睛里迅速闪过。

"是的，请接受我的谢意。"

来到这里这么长时间，雷德罗第一次主动走向年轻男子，他收起钱包，用手示意学生转向自己，看着他的脸。"生病表示你生理与心理的不安，所以一颗心总是悬着，感到悲伤和痛苦，难道你不想忘记这些痛苦吗？"雷德罗先生诡异地笑起来。

学生伸出手支着困惑的额头，没有回应。雷德罗抓着学生的袖子，这时他听见梅莉的声音在外头响起。

"我知道了，谢谢你，阿达夫。亲爱的小宝贝，别哭。爸爸妈妈明天就会好了，家里也会变得很温馨。"梅莉说。

雷德罗听到声音，赶紧放开了年轻男子。

"其实我很不愿意跟她见面，她虽然是一位善良的人，但我是个容易扼杀人们心中善良情感的坏人，所以我不想拖累她。"年轻男子说。

梅莉敲了敲门。

"我可不想跟她碰面。"雷德罗看着年轻男子，以嘶哑粗重的声音说。

年轻学生将墙上的一扇小门打开，原来里面还有个小房间，雷德罗迅速躲了进去。

学生重新回到沙发上，说："请进。"

"亲爱的艾德蒙先生，楼下一家跟我说有一位绅士来拜访你。"梅莉在屋里四下张望。

"这里只有我一个人啊。"艾德蒙说。

"是那个人走了吗？"

"嗯，他已经走了。"

梅莉将篮子放在桌上，笑着走到沙发后面想要和学生握一握手，但艾德蒙让她扑了个空。梅莉平静的脸上闪过一丝惊讶，她斜着身子看他，用右手背摸了摸学生的额头。

"你现在感觉怎么样？还好现在不发烧了。"梅莉说。

"嗯！我挺好的。"学生显得很不耐烦。

梅莉一脸惊讶，却没有丝毫想责怪学生的意思。她回到桌子旁边，从篮子里拿出一小包针线，但是又像想起了什么似的，又把针线放下来，站起来把房间里的每一件东西都收拾整齐，没有弄出任何会打扰学生的噪声。打扫完毕后，她又坐下做针线活儿。

"艾德蒙先生,这是给你新做的棉布窗帘,虽然不是什么昂贵的布料,但看起来也算干净细致,在灯光下显得相当柔和。我丈夫说你恢复得还不错,这个时候房间灯光是不能太亮的,太强的光会让你头晕。"

他在沙发上翻来覆去,相当烦躁。梅莉停下手头的活,焦虑地看着学生。

"是不是枕头不舒服?我给你把枕头好好摆摆吧。"

"枕头很舒服,不用摆。求求你别再管什么枕头了,你已经做了许多事情。"虽然学生嘴里这么说,但从他的眼神里找不到丝毫感谢之意。梅莉回到刚才缝纫的地方,继续做窗帘,但她的脸上没有任何埋怨的表情,仍平静地继续着手中的针线活。

"艾德蒙先生,我感觉只要我坐在这里,就会干扰你的思考能力,我听说过这样一句话:挫折才是我们的良师。你得过这一场大病后就会更懂得珍惜健康的时光,当你恢复健康以后,再次回想独自承受病痛折磨时的痛苦,你就会发现,家庭生活对你而言更加珍贵与幸福。这样想来,你的这场病未必是件坏事。"

梅莉专注地做她的窗帘,跟这个学生说话的时候非常诚恳,说完之后又仔细观察这个学生有没有什么反应。这个年轻男子不领情的样子丝毫没有影响到梅莉的情绪。

"噢,艾德蒙先生,我没法和你比,我没什么文化,不知道怎么正确地思考问题。你一直卧病在床,应该对病痛印象深刻。我明白,你非常感激楼下照顾你的一家人,从你的表情上我可以真切地感受到,在某种情况下病痛也是一种温馨的代价,可悲的是,对于某些人来说,悲伤和困境只是一种痛苦。"梅莉说话的时候,漂亮的双手优雅地斜到一边,她的眼睛一直看着做活的双手。

"威廉太太,生病的好处没那么大吧!楼下一家确实给了我一些帮助,但我会把这个人情还给他们的,他们也许正期待着我的回报呢。我很感谢你,威廉太太。我的身体是不大好,可我知道你也是孤独的。在我看来,你的悲伤远远大于快乐,好在一切都将结束,毕竟痛苦是一时的。"艾德蒙态度冷淡地说着。

梅莉盯着他看，好长一段时间后，她的笑容慢慢从脸上消失，她拿起桌子上的篮子，温和地说："艾德蒙先生，你是不是想一个人静一静？"

"我没理由还把你留在这里。"艾德蒙冰冷地回答。

"只是……"梅莉打开她刚刚做好的窗帘。

"不过是个窗帘嘛。为了区区一个窗帘留下，不值得吧。"

梅莉将针线包整理好后放进篮子里，恳求似的站在艾德蒙面前说："如果你还需要我的帮助，我会非常乐意。虽然这对于我来说并没有什么好处，但我依然乐意这么做。既然你已经逐渐好转，那我的出现也就不是那么必要了。我不应该继续打扰你，你也不欠我什么人情，只是你必须尊重我。如果你认为我夸大自己在你生病时对你的关心，那你就错了，我为此感到遗憾，真的很遗憾啊！"梅莉平静沉着地对年轻男子说着，脸上表情柔和，语调清澈悦耳。正因为这样，在梅莉离开之后他可能会郁闷一阵子呢。

学生看着之前梅莉做活的地方沉默不语，这时雷德罗先生从藏身的小屋回到房间，走到门口。"当你受病痛折磨时，只希望死亡将病痛埋葬！现在就腐烂吧！"雷德罗恶狠狠地回头看着他。

"你对我做了什么？"年轻学生抓住雷德罗的斗篷激动地质问，"你对我施了什么魔咒？我要做原来的自己！"

"做回你自己？不可能！我被这种毒感染了，身体和心都已无法恢复，只要我受了感染，那全世界也就要完了！我已经没有任何感情，心就像石头，脑子完全被自私情绪占据，现在可悲的我只比我制造出来的可怜人好过那么一点点，所以在他们变成我这个样子的时候，我有权痛恨他们。"

发了疯的雷德罗不着边际地说着鬼话，他的斗篷依旧被学生抓着，雷德罗将他的学生推倒，然后慌张地跑出去。夜晚的风呼啸着，大雪簌簌降落，月光幽暗地照着大地。随着狂风和大雪的肆虐，黑云和暗月的涌动，鬼影的话在黑暗中阴森逼近："我赐予你的能力，你可转赠他人，顺从自己的心思，做你想做的吧！"

（四）

雷德罗现在不知道自己正走向哪里，也不在意自己走向哪里，他不需要别人的陪伴，被毒害的灵魂让他经过的街道都变得荒芜了，就像无边的荒漠，他生命活力的源泉早已枯竭，他觉得周围簇拥着的人群都被生活的各种苦难折磨着。

风吹过街道，留下的只有破败，鬼影的话在他心中不停回荡，也许会"很快消失"，但现在他依然被它左右着。终于，他知道自己变成了什么样，知道别人对他的影响是怎样的，这个时候没人知道他独处的渴望有多么强烈。

当他沿着街道行走，心中不停地思索着这些事，突然想起之前跑进他房间的小家伙，他仔细回忆着自从自己接受幽灵的交易后，所有和他有过交集的人，只有那个小家伙没有被他的魔力同化。

他是如此厌恶这一切，恐惧这一切，所以他决定找出真相，证明这一切是不是永远无法改变，他打定主意要这样做。

他不断回想自己的遭遇，转身独自来到大厅门廊处，门廊地面因为学生们的行走而留下了磨损的痕迹。

威廉一家的房子就在铁栅栏里头，那座房子是个四边形建筑，它的外面还有个小修道院。从这个隐秘院落的窗户可以看见房间里头的摆设，当然也能够看到谁在屋里。他对那紧锁的栏杆非常熟悉，双手握住栏杆，手腕用力向外拉开，稍一侧身就轻巧地穿了过去。他蹑手蹑脚地向窗户那边走去，脚下踩过薄薄的雪壳。

雷德罗看到的那个小家伙昨晚点燃的烛火穿透房间玻璃闪闪发光，如同本能一样，他的眼睛避开火焰，只是借着火花发出的微光探看窗户里头的景象。开始他还以为屋里没有人，但走近时，便看到自己寻找的目标躺在地板上，在壁炉的温暖火光前熟睡。雷德罗迅速闪进屋里。

温暖的火光正烘烤着这个小家伙的头顶。雷德罗俯身试图将他唤醒，但当雷德罗刚刚触碰到他，这个尚未完全清醒的小家伙就本能似的，连滚带爬地奔向房间的角落里，缩成一团坐在地上，以一个进攻的姿势保护自己。

"站起来，你还记得我吧？"雷德罗说。

小家伙回答："这不是你的房子，我想一个人待着。"

化学家用骇人的眼神盯着小男孩，逼迫他站了起来。

"谁给你洗澡，还给你的伤口上了药？"雷德罗指着男孩的伤口询问。

"是那个女人帮我弄的。"男孩回答。

雷德罗借着他们的对话来吸引小男孩的注意，虽然心里不想伤害他，但还是粗鲁地抓住他的下巴，把他的头发甩向后面。小家伙直勾勾地盯着雷德罗的眼睛，似乎觉得这样可以吓跑敌人，但雷德罗看穿了这个小家伙的柔弱。

"其他人去哪里了？"雷德罗询问。

"那女人出去了。"

"这个我知道，威廉和他的白发父亲去哪里了？"

"你是说那女人的丈夫和父亲么？"

"没错，他们到哪里去了？"

"他们也出去了，好像发生了什么事情。他们出去得很匆忙，要我自己待在这里。"

"如果你和我走，我就给你钱。"化学家说。

"去哪里？能给我多少钱？"

"我保证你从没见过那么多钱，而且我会尽快把你带回来，你知道怎样才能回到原来的地方吗？"

"把我放开！我为什么要和你去？放我走，不然我就用火烧你。"小家伙猛然挣脱雷德罗的双手。

小家伙跳到火堆前，竟然用自己的小手抓出了燃烧的火球。雷德罗盯着施展魔法的小男孩，通常他的咒语都能读出接触者的心意，但这次却不能拿他怎么样。当小男孩反抗他时，他心中不禁一颤，全身血液瞬间凝结，惊恐地望着这个他无法征服的小家伙。他长着一副孩童的模样，却用邪恶的眼神望向雷德罗，他那柔嫩的小手握住栏杆蓄势待发。

"听着！孩子，你带我去人们感觉最悲惨的地方，我有能力拯救他们。我说话算话，一定会给你一大笔钱，并且很快带你回来，赶快到我这里来吧！"雷德罗快速向门口走去，因为担心梅莉会回来。

"你能让我自己走吗？不要抓着我！"小家伙询问的时候慢慢收回威胁的手势，站了起来。

雷德罗将先令一个一个放在小家伙的手上，但是小男孩不知道怎样数钱，每拿到一个先令就说一句"一个"，贪婪地看着雷德罗手里的一枚枚钱币。除了手上，他不知道能将钱币放在哪里，最后只好放进嘴巴里。

雷德罗拿出笔和本子开始写字，小家伙就待在他身边，写完后他签了自己的名字，把纸放在桌上。小家伙像以前一样紧抓着他的衣服，但是现在看起来温顺多了，他在寒冷的冬夜里赤脚踩在雪上。

雷德罗太着急了，他可不想和梅莉碰上。小家伙紧紧跟随雷德罗穿过他曾经迷路的走廊，到达雷德罗居住的大楼，接着来到一扇大门前，门打开后看到了街道。这时，小家伙立刻从他身边跳开，雷德罗停下脚步询问小男孩知不知道他们现在身在何处。

这个小家伙东张西望，最后向一个方向点了点头，雷德罗急忙向他指的方向走去，小家伙紧随其后，他将钱从嘴巴放回手上，然后又放回嘴巴里，一边走，还一边偷偷摸摸地将一个一个的先令用身上的破布磨得锃亮。

他们赶路的时候走走停停，但始终肩挨肩。雷德罗多次低下头去看这个小家伙，小家伙被他吓得直发抖。

第一次停住脚步是因为他们正好穿越一个老旧教堂，雷德罗不自觉地在坟墓前停了下来，他们两个完全不知道如何与对方沟通。

第二次停下来是因为看到月亮刚好从半空中升起，明亮的光吸引雷德罗凝视天空。雷德罗可是认识全部星座的，今晚却没见到一颗过去熟悉的星星。

第三次停下来是因为一阵哀愁的音乐飘进耳朵，惹得他驻足聆听，但是他的耳朵只听见乐器弹奏的单调音符，这样的音乐完全不能呼应他心中的幽暗，更无法引导他看清过去或未来，就好像是昨日的激流劲风已然无力。

  他们继续前行，尽可能避开拥挤的人群，然而雷德罗还是有些忧虑，不时地寻找小家伙的肩膀，总是担心小家伙会迷路，不过小家伙从来没有落下过。夜色寂静，只能听到雷德罗和赤脚的小男孩短促快速的脚步声，他们来到一处像废墟一样残破的房子前，小家伙示意他停下脚步。

  "就在这！"他指了指废墟一样的房子，窗户里露出一些微弱光线，一个灯笼孤零零地挂在门口，上面有一行字：旅人住所。

  雷德罗四下打量，先看了看房子，又看了看那片荒地。房子周围没有栅栏，屋里没有供水、没有电灯，周围的壕沟明显排水不良，高架桥围绕着这栋房子，桥面以下逐渐狭窄，最后只剩下一个小狗可以通过的空间，还有一个残垣破瓦堆成的小山丘。小家伙脸上露出惊恐的表情，这让雷德罗非常吃惊。

  "他们就在那里面！你自己进去吧，我会在这里等你。"

  "他们能让我进去吗？"雷德罗说。

  "你可以说你是个医生，他们这里有许多病人。"

  雷德罗转头望着房子，小家伙懒散地走过满是尘土的地面，像只老鼠似的钻到拱门下面。雷德罗对这个小家伙的感觉不是同情，而是害怕，当小家伙从藏身处看他时，他急忙躲进房子里。

  "千万不要让悲伤、错误与困境笼罩这个地方，没有谁能伤害谁，也没有谁能救谁。"化学家说着，脑中痛苦的回忆清晰显现，边说边推开那扇几乎要垮掉的房门，走进屋里。

  屋里的楼梯上有一位女人坐在那里，麻木的神情占据了她的脸，她把头埋在手臂里。雷德罗在上楼梯时极力避免踩到她，她却丝毫不挪动，似乎对外界的事情毫不关心，雷德罗只好拍了她的肩膀一下，提醒她靠边坐。

  女人把头抬起来看他，这是一张年轻人的脸庞，但是希望与光明好像从未留恋过这张脸，本应活力四射的面庞像被萧瑟冬日摧毁的生命一般。雷德罗的动作对这个女人来说似乎没什么影响，她只是默默地往墙边靠了靠，留出一条较宽的路让他通过。

"你是谁？"雷德罗停下脚步，手扶着破损的阶梯扶手，询问着这个女人。

"你认为我是谁？"女人看着他说。

"我到这里是为了疗救别人，让别人的痛苦得以减轻。我希望我能够做到，你不觉得这样很好么？"

女人皱了皱眉，突然大笑起来，笑到最后声音都变得颤抖起来。她再一次把头低下，手指插进头发里搔动头皮，显得极为不安。

"这样不好吗？"雷德罗再次询问。

"我只是在思考自己的人生。"女人呆滞地看着雷德罗。

"你怎么在这里而不是在家？"雷德罗询问。他知道这个女人只是这屋子里"病人"中的一位。

"曾经我也有个温馨的家，我的父亲是个园丁，住在离这里很远的地方。"

"他还在世吗？"

"在我心中他已经死了，其实，世界上的东西对我来说没有生与死的区别了。你是个生活富裕的绅士，永远不会理解这种感觉！"她再次抬起头对他凄凉地笑了一下。

"在死亡临近之前，你的人生有什么遗憾吗？在你心中真的没有任何邪恶的记忆吗？人生总是悲惨的，对不对？"雷德罗严肃地说。

她突如其来的哭泣让雷德罗相当惊讶，因为她的外表看不出任何属于女人的气息，然而更令他吃惊的是，这个女人在回忆过往并不美好的生活时，绷紧的脸庞竟然露出温柔的表情。雷德罗不由自主地后退几步，他从这个角度看到女人的手臂是不正常的黑颜色，脸部还有刀伤，胸前有大片大片的瘀伤。

"是谁把你弄成这样的？"雷德罗询问。

"是我自己，这是我自残的伤痕！"女人回答。

"怎么会呢？"

"真的，这都是我自己做的，他并没有打我，是我自己疯狂地伤害自己，现在又跑到这里来。他从来不会靠近我，他的手从没碰过我。"

她的脸色苍白但表情坚定，雷德罗却从中瞥见虚伪的东西，他看见之前已堕落扭曲的人性，苟延残喘地存在于她的记忆中，雷德罗靠近她，知道她现在深陷于痛苦和自责之中。

"都是些悲伤、错误和困境啊！"雷德罗喃喃自语，他心惊地把眼神移开，担心暴露自己的心思。

雷德罗不敢注视那个女人，不敢触摸她，唯恐会将她变成自己这样。他抖了抖身上的斗篷，悄然走上楼梯。

（五）

在楼梯的尽头，一个平台出现在雷德罗眼前，还有一扇半开的门，当他往上走时，一位男子手拿蜡烛正从屋里走出来。这位男子在看见雷德罗时，不由得退了几步，脸上透露出复杂的情绪，显得非常激动，他大声叫出了雷德罗的名字。

雷德罗看到这副面孔时感到非常惊讶，因为这张脸似曾相识，他停下脚步，努力回想到底是谁。在极度惊讶之下，他还没来得及思考，老史威哲也已经从房间里走出来，抓住雷德罗的手："雷德罗先生！真的是您吗？先生，真的是您，您一定是听说了这件事，才追随我们的脚步向我们伸出援手。可惜啊，一切都太晚了，太晚了！"

雷德罗极为困惑，他跟随老史威哲进入房间，看见在装有脚轮的矮床上躺着一个男人，威廉就站在床边。

"父亲，真的是太晚了。在他休息的时候，我们保持安静不说话，这是我们现在唯一可以做的事，您说得对啊，父亲。"他儿子插话。

那张床引起雷德罗的注意，躺在床垫上的人本应是充满活力的，但现在的他像是没被太阳照耀过的植物，脸上留着四五十年的拼搏痕迹，看起来相当苍老。和这个男人比较，时光之手对雷德罗仁慈和善许多。

"你是谁？"雷德罗看了看四周说。

"雷德罗先生，他就是我的儿子乔治，是我和妻子最大的骄傲。"老史威哲不停搓揉着手说。

雷德罗把眼神从老史威哲灰白的头发上移开，望向刚才认出他的男子，他站在房间里离雷德罗最远的角落，冷眼看着周围的一切。雷德罗应该不认识这位男子，但是当他背对着雷德罗走出门外时，他的影像告诉雷德罗，他似乎暗藏着什么。

"威廉！那位先生是谁？"雷德罗阴沉地问。

"先生，像他这样一个沉溺于赌博的男人，您没必要知道他。"威廉回应。

"他真的这样？"雷德罗询问威廉，用不自然的神态扫视着对方。

"是的。据我所知，他好像懂一些药学，是与我那个忧郁的哥哥一同到伦敦旅行过的，我说的哥哥就是您刚见到的那个病人，他曾经他在这里借宿过。先生，这幅景象真是凄惨啊，但事情就是这样，真是要了我老父亲的命。"威廉用外套袖子擦了擦眼睛。

等威廉说完，雷德罗抬起头来，试图回想自己现在在哪里，跟自己在一起的又是谁，当然他没忘记身上的魔力。这种痛苦很快消失了，雷德罗惊讶的表情逐渐消失，他的内心在激烈斗争，他不知道是该离开还是该留下来。他不断地挣扎，最后还是决定留下来。

"是否只有回忆能够让这个老人泪眼婆娑？是否只有回忆充斥着悲伤与困境，我真的可以让他忘却这些记忆吗？这些记忆对于老人如此珍贵，珍贵到让我也产生了畏惧感？不！我不能害怕，我要待在这里。"雷德罗依旧处在恐惧之中，身体因为激动而微微颤抖。他把脸隐藏在黑色斗篷里，低声自言自语，然后站在远离床边的位置，静静地听着别人说话，仿佛自己就是会隐身的恶魔。

"父亲！"生病的男子从恍惚之中醒来。

"孩子啊，我的乔治啊！"老史威哲说。

"你说我是母亲的最爱，现在想想，真是可怕啊！"

"不！千万别这么想！这是美好的事情，而不是可怕，我亲爱的儿子！那对我而言是美好的回忆。"老人说。

他的儿子看到父亲老泪纵横，懊悔地说："父亲，真是不该说这些让你伤心的事情啊。"

"那真的是美好的回忆，最起码对我而言是这样的，回想起当时真觉得是伤心的经历，但是乔治，塞翁失马焉知非福啊。你认真想想就会发现，你的心变得越来越温柔。我的儿子威廉在哪里？威廉啊！你们的母亲可是充满深情地爱着你哥哥啊，直到她只剩一丝呼吸仍不忘说：'跟他说，我原谅他了！我祝福他并且为他祈祷。'虽然我已经87岁了，但是我从未忘记你们母亲对我说的这些话。"

"父亲，我知道自己活不了多久，心中有千言万语却说不出来，如果奇迹发生，我得以痊愈，我的人生还有希望吗？"床上的男子问道。

"对真诚忏悔的人来说，永远都有希望，千万不要绝望。就在昨天，我还感谢上帝让我回忆起你小时候纯真可爱的模样。这是件令人欣喜的事，我知道上帝要告诉我，他没有遗忘我可怜的儿子。"

雷德罗像谋杀犯一样用手遮住脸庞，似乎在逃避什么。

"啊，"床上的男子痛苦地呻吟着，"从今往后，我的生命就成了荒园！"

"他曾经也是个无忧无虑的孩子，我见过好多次他靠在母亲的膝前祷告，母亲将他拥在怀中亲吻。当他误入歧途时，我与他的母亲真的是万分痛苦，我们对他的期望全都破灭了，但是我们之间的亲情无法磨灭。上帝啊，你是全人类的父亲，请让他变回过去快乐的样子。"老人举起他颤抖的双手不断为儿子祈祷。

乔治则将头靠向老人，以此寻求支持与慰藉，就像孩子那样。雷德罗沉默不语，身体不停颤抖，他知道这里将发生一件事，而且是无法避免的一件事。

"我的时间越来越少了，我感觉自己的呼吸越来越急促，父亲，威廉，是不是有个黑色的人影出现啊？"生病的男子用一只手肘支撑自己，另一只手举在半空。

"是的，那是雷德罗先生。"他的兄弟温和地对他说。

"我还以为是做梦呢，快请他到我这里来吧。"

雷德罗的脸色看起来比濒死男子还要苍白，他看到生病男子示意他过去，于是恭敬地坐到他的床边。

生病的男子用手捂着胸口说话，他的眼神透露出对死神的哀求，仿佛诉说着临死前的痛苦，"我看到我可怜的老父亲，再想想自己做过的荒唐事……我的内心藏着许多事情，太多记忆快速闪过，我乐意去做任何事，只要这件事是对的。还有一位先生也在这里，你们见到他了吗？"

雷德罗不知道该说什么，当他见到那垂死之人的手拂过额头时，他知道那代表生命无法逆转的消逝，一想到这，他到了嘴边的话竟说不出口，只能点头表示见过那位男子。

"他身无分文，没钱吃饭，已经完全被生活击垮，生命没有任何动力，你看看他，还有什么时间可以用来挥霍啊！我知道在他心中有个过不了的难关。"

这些话似乎发生了作用，他的脸上渐渐露出僵硬深沉的表情，但是逐渐不再显现悲伤的神色。

他把脸别过去好一阵子，但他的手突然停在雷德罗的身上，表情冷酷。"你真可恶！为什么要这样？为什么？你看看你在这里做的好事！我活着的时候英勇无畏，死的时候也一样，尤其是面对你这样的恶魔！"然后，他躺回床上，将手放在头和耳朵上，好像决定要拒绝所有帮助，孤独死去。

站在床边的雷德罗听到这些话后全身一阵颤抖，像被雷打到一样，乔治的老父亲走了过来，表情充满嫌恶感，不愿与他有任何交集。

"威廉在哪里？威廉，我们回家吧！"老史威哲急切地询问。

"回家？您是认真的吗？难道您要抛下你的儿子不管？"威廉回应。

"我儿子在哪儿？到底在哪里？啊！在那里！我不允许任何人那样威胁我，我的孩子们都很好，他们准备好酒肉，等着我回去享用，虽然我已经87岁了，但他们善待我，因为我值得人们尊敬。"

"您活得已经够久了，"威廉似乎连看老人一眼都不愿意，双手插在衣兜里，口中低声抱怨，"我真想不起您对我们做过什么好事，没有您我们会更快乐！"

"雷德罗先生，您看看我的儿子！他竟然这样跟我说话！我也想问问，他做过什么让我感到骄傲的事情吗？"

"我也不知道您曾做过什么事让我感到光荣！"威廉气愤地反驳。

"先生，我真的不愿意见我的父亲，因为在他身上，我见到的只有这许多年来他不断吃喝玩乐，让自己过得舒坦。"他带着恼怒的情绪对雷德罗这么说。

"可我已经87岁了啊，我从没感到生命中有什么事情能困扰我，现在我也不会因为他是我儿子而例外。我不承认他是我的儿子，我的生命中曾经有过许多美好时光，但是现在全都消失了。我以前爱斗蟋蟀，有自己的交际圈，但是现在什么都变了，我不再承认他是我的儿子，我全当他死了。"老人疲倦地摇了摇头，把手放在背心口袋里。他从口袋里掏出一些冬青植物，可能是昨晚落下来的。

他的小儿子威廉依旧态度冷淡，用毫无感情的眼神看着父亲，沉浸在自己的罪恶中，态度决然固执，刻意忽略雷德罗的话。雷德罗立即抬脚离开这个房子，在走之前他驻足停留了好一阵子。

跟随雷德罗而来的小家伙慢慢从藏身处爬了出来，在雷德罗走到拱门之前，小家伙已经在等他了。

"要回到那个女人的房子吗？"小家伙询问。

"对！越快越好！不能在任何地方停留。"他们回去的步伐比来时的快多了。小家伙赤着脚快速追赶上化学家急促的步伐，雷德罗把自己藏在黑色斗篷里，试图避开所有和他相遇的人，他死命拉住衣服，仿佛飘动的衣摆都会为他带来什么致命的传染。

他们一路上都没停下，到走出来的那扇门时，雷德罗用钥匙打开门走了进去，以最快的速度通过走廊回到他自己的房间。小家伙看着雷德罗紧紧关上门，在雷德罗四处张望的时候，他赶紧躲到桌子后面。

"求你了，不要过来，你带我来这里该不会想拿回我的钱吧！"小家伙说。

雷德罗又丢了一些钱在地上，小家伙立刻扑到地上，捡起那些钱，把它们藏了起来，害怕雷德罗看到后会后悔而把它们收回。小家伙静悄悄地坐在油灯旁边，把脸埋在臂弯里，偷偷摸摸地数钱。他越来越靠近火炉，最后坐到前面的一张大沙发上，从胸前的衣襟里取出些零食，津津有味地嚼着。

"这个小家伙居然是我在人世间的唯一同伴啊!"雷德罗心里一阵烦恼,现在他是这么害怕这个小家伙。小家伙竖起耳朵仔细听,门外一阵骚动,他转身跑向门边。

"那个女人回来了。"他大叫。

化学家半路截住要去开门的小家伙。

"让我去找她吧,好吗?"小家伙说。

"可以去,但不是现在,待在这里,现在任何人都不可以随意进出这个房间。"

"先生,是我。让我进去吧!求求您了!"梅莉大喊。

"你有什么事吗?"雷德罗抓住小家伙。

"那位您看见的悲惨男子,他的情况更加恶化,不论我说什么、怎么做都不能说服他,威廉的父亲变得更孩子气,威廉也像变了个人。雷德罗先生,求求您,帮帮我吧。"

"不行!不行!不行!"雷德罗回答。

"亲爱的雷德罗先生,乔治在他半睡半醒中连续不断地低声咕哝着他见到的男子,我害怕他会想不开自杀。"

"他最好那样做,那就与我更亲近了。"

"他曾在错乱恍惚之中说他认识您,说您是他多年以前的一位朋友,他是这里一个生病学生的父亲。我真的非常担心,我们要怎么做呢?怎样去说服他?雷德罗先生,求求您!求求您!给我点建议,帮帮我吧!"

小家伙疯狂地想要挣脱雷德罗,让梅莉进去,雷德罗一直紧抓着他不放。

"幽灵啊!去惩罚那些不虔诚的想法吧!"雷德罗痛苦地大喊,"看着我!请从我阴暗的心灵释放出那些痛苦不堪的情感,请显现这些痛悔和我所遭受的苦难。在如今这个世界里,没有任何事情是可以得到宽恕的。"

"可怜可怜我吧!救救我吧!"接下来没有任何回应,只听见梅莉不断呼喊,一旁的小家伙拼命挣扎要去帮她开门。

"那是我自己的影子吗?还是说那就是我生命中幽暗的灵魂!"雷德罗发狂地大喊,"快回来吧!日日夜夜来纠缠我吧!但是,请你带走这个魔力!请不要再让它继续停留在我身上,消除我曾经做过的错事,请让我做自己吧!"

然而雷德罗的呼喊没有得到任何回应,他一直抓着想要挣脱他去开门的小家伙,梅莉的呼喊声越来越大:"求求你,给我开门!他是您曾经的朋友,现在要如何照顾他?如何拯救他?所有人都变了,没有人能帮我,求求您,给我开门,让我进去!"

(六)

黑夜的气氛依旧凝重,昏暗的地平线上依稀可见远方一簇线条随着光线而改变颜色,它出现在辽阔的平原上、山顶上以及海面那孤独船只的甲板上,远处的景色模糊不清,月光努力挣脱云层的遮盖。

雷德罗内心的阴影没有一刻消失过,而且变得越来越灰暗。当夜晚的云层穿梭在月亮与地球之间时、遮掩地球的光线时,雷德罗像失去了生命力一样。在他身上断断续续地出现残缺的阴影,仿佛是那夜晚云层投射的暗光一般,假如在如此的黑暗中有一道清晰的光线突然出现,也只是一簇而过,反而会使天空更加阴霾。屋外古老的建筑物笼罩在深沉的寂静中,建筑物的墙壁投射出神秘的阴影,在月光的包围下,洁白的雪片忽而出现,忽而消失不见。在雷德罗黑暗阴郁的房间里,有一丝光线闪过,屋外的敲击声与幽灵鬼魂的寂静交相呼应,除惨白的灰烬仅存一丝羸弱的火光、发出低低的鸣声之外,空气中听不到任何响动。躺在炉火前地上的男孩很快进入梦乡,敲门声消失后,化学家像石头一样一动不动地坐在椅子上。

此时,圣诞音乐又在化学家耳边响起。一开始,他像以往在教堂院落一般仔细聆听这些平静起伏着的音乐,低沉的旋律甜蜜又有些忧郁。雷德罗站起来伸出双手,好像有一位朋友往他的方向走来,和他紧紧握手。僵硬与茫然的表情不再出现在脸上,他的身体微微颤抖,眼眶里满是泪水，双手紧紧地抱住头。他悲伤凄惨的回忆一去不复返，他知道他不会再想起那些难过的事。雷德罗感到一种说不出的激动，如果这种激动是上天告诉他，他所经历的故事是多么珍贵，那么他真该感谢上帝。最后一个音符在他耳边消逝时，他不禁抬起头聆听空气中回荡的旋律。除了那个睡在他脚边的小家伙，只有幽灵安静地站着，不为所动，眼睛死死地盯着他看。

幽灵的眼神如同往常一样冷酷可怕，但还不是绝对无情，或者说这是雷德罗想象出来的场景。雷德罗望着幽灵，全身颤抖。原来他并不孤独，因为看到幽灵那虚无的手握住另外一只手。那会是谁的手呢？站在幽灵旁边的影像是梅莉，或者是她的阴影、画像什么的？她安静地将头向下看，像是望着沉睡的孩子，充满怜悯和同情。她容光焕发，却不能照亮幽灵的脸庞，两人比邻而站，幽灵显得阴暗苍白，毫无生机可言。

"怪物！我不许你对她放肆无礼，求求你不要带她到这里来。"雷德罗说。

"它只是个影子而已。"幽灵说。

"这是我可怕的魔力造成的吗？"化学家说。

"是啊。"幽灵回应。

"目的是破坏她的宁静和她的善良，要她变成我现在这个样子，像鬼一样？"

"我只是说'把她找出来'，其他可什么都没说。"幽灵回应。

"请你告诉我，我能不能让已成的事实改变？"雷德罗哭喊着，幻想能在幽灵这里找到一丝希望。

"不可能。"幽灵回应。

"我不奢求完全做回自己，我选择放弃自己的自由意志，失去一些东西是理所当然的，但是对于那些接收了我致命魔力的人来说，他们是在毫不知情的情况下接受的这份魔力，对于这份魔力他们毫无招架的能力，甚至不知如何回避。就什么都改变不了了吗？"

"是的，改变不了。"幽灵说。

"别人也不能改变吗？"他缓缓转过头，看着自己身边的暗影。

"梅莉能做到吗？"雷德罗询问。

幽灵像雷德罗一样看着梅莉的影子，却对雷德罗视而不见，也不做任何回应。

"至少告诉我，她是否是正义与力量的化身，可以纠正我做过的所有邪恶之事。"

"她不是。"幽灵回答。

"或者她是否也有可能在毫无意识的情况下接收这种力量？"

"将她找出来。"幽灵回答，接着它的影子慢慢消失。他们再度直视彼此，略过地上躺在幽灵脚旁的小家伙，他们专注却又可怕地传授着魔力。

化学家一边精疲力竭地跪在幽灵面前，一边又以哀求的语气说着："是你拒绝我的，可也是你重新找我的，我以谦卑的姿态不得不相信人生有点希望，我祈求着那些我曾带去无法弥补的伤害的人，能听见我极度痛苦的灵魂深处发出的呼喊声，只有那一件事……"

"躺在那里的是谁？"幽灵插话，用手指着地上的小家伙。

"你应该清楚知道我会问什么样的问题，为什么这个小家伙是一个与我魔力对立的证据，为什么在他的思想里，我发现一种令人厌恶的同伴关系？"

"这是一个最好的例子。对于那些丧失记忆力的人类来说，当你放弃自己时，就是这个样子，"幽灵指着地上的小家伙说，"没有任何关于伤感、错误与困境的微弱记忆会在他脑中出现，因为这个可怜的孩子一出生就被家人遗弃，那个地方比野兽生存的环境还要恶劣。在他眼中，没有幸福的对照，自然也就没有痛苦的存在。"

雷德罗为他听到的事感到畏怯。

"这世上的每件事情都是有缘由的，这位小男孩身上邪恶的种子会长成并且扩散到世界各地，直到所有地区都布满邪恶之事，多得足以酿成另一波洪流。这样深重的罪孽、这样一种景象将比城市街道上任何一位没有被惩罚而且祈求宽恕的谋杀犯更沉重。"

幽灵继续盯着这个沉睡中的小家伙，雷德罗也怀着复杂的心情凝视着他。

"这个可怜的孩子从未有父亲日夜陪伴,也从未拥有过温暖的母爱,他在很小的时候就背负了这种罪过。他憎恶一切事物,他没有任何宗教信仰。"幽灵说。

雷德罗双手紧扣,带着颤抖的恐惧感和怜悯的心情看着沉睡中的小家伙和幽灵,幽灵苍白的手指依旧指着地上的小男孩。

幽灵继续说:"你将不再拥有伟大的力量,你不能从小家伙身上驱逐任何邪恶之事,他心中的想法逐渐与你趋近。或许你觉得这样很糟糕,但是毕竟你已渐渐走入他没有温暖的世界,他就是人类冷漠的化身,而你则是人类傲慢性格的代表,再也没有天堂的概念,你们是碰到一起的两个极端。"

雷德罗在男孩旁边弯下腰,心中不仅充满对这个熟睡的小家伙的怜悯,也对自己报以同情,这时身体也不再因为厌恶和冷漠的情绪而颤抖。

此时,遥远的地平面露出了微光。天色渐亮,上升的太阳射出温暖的光线,老旧烟囱的三角墙在空气中闪着微光,阳光把城市中的烟雾与蒸气变成金黄色的云朵。阳光照进阴暗角落,融化了冰冷的雪花,泥土的寒冷沁人心脾,振奋着无数美好生物的小小世界,然后它们渐渐意识到太阳即将升起。

泰特比家的人都起床开始了一天的工作。泰特比先生拉开商店的百叶窗,耶路撒冷大楼那瑰丽景色瞬时映入眼帘,美好的景象如此吸引人。阿达夫·泰特比早已出门,正在赶往出版社的路上。

而在家的 5 个小泰特比在泰特比太太的指挥下,正在厨房洗脸,肥皂和冷水让小泰特比们很不高兴。父母催促着约翰尼从厕所出来,因为那个可爱的小妹妹哭闹起来,这是常有的事。由于承担着照顾妹妹的责任,约翰尼不停地摇摇晃晃地走动,今天比平常更加辛苦,因为为了防寒,妹妹身上裹得严严实实,比平时更重。

这个宝宝的"注册商标"是尖锐的牙齿,几乎所有的物件都有被她的牙齿啃过的痕迹。宝宝身上挂着一串骨项链,那串骨项链很大,从她的下巴一直到腰间,可以与修女的念珠相比。宝宝玩耍的东西可以是家里的任何东西——约翰尼的指头、面包皮、门把手,甚至是结冻猪肉上的冰块，这些东西都能让宝宝高兴起来。泰特比太太总是说："小宝宝露出尖牙，才是正常的，假如没有露出尖牙，她就不是她了。"

从前的泰特比夫妇总是慷慨、善良又柔和，会大方地分享食物，只要一点点肉食就能让他们感到满足；可是现在的他们仅仅为了肥皂水就能吵闹不休，也会为了尚未撤掉的早餐吵架。泰特比男孩们互相攻击，就连原本最有耐心和包容心的约翰尼也不例外，忠实善良的他居然会举起手打小妹妹。

泰特比太太无意间看见约翰尼狠狠地打了可爱的小孩一巴掌，她马上揪着约翰尼的领子走进卧室，加倍惩罚他，让他也感受同样的疼痛。

"你这个小坏蛋，你怎么这么忍心打你妹妹？"泰特比太太说。

"那她怎么不把自己的尖牙看牢一点，她不咬我我也不会打她，你自己也不喜欢被她咬到，不是吗？"约翰尼大声争辩。

"谁说我不喜欢了？"泰特比太太试着挽回被约翰尼丢掉的面子。

"喜欢吗？不可能。根本想象不到如果你是我会怎么样，真想从军算了，最起码在军队里不用照顾小孩。"

经过这里的泰特比看到这样的场面，摸摸下巴思考着，并不急着纠正这个叛逆的家伙，因为他震惊于约翰尼提到从军这件事。

"如果把小孩送进军队他就可以长成正直的人，那么我也会让他从军的。"泰特比太太看着先生说。

此时约翰尼与他的5个弟弟在吃早饭的桌子前疯闹起来。在吃早餐时，他们互相用奶油涂抹脸颊，开心极了，其中最小的男孩相当聪明，他居然认识到要盘旋在这群"战士"的视线之外，然后乘机挠他们的脚。在小孩疯闹时，泰特比先生与妻子都急切地想要冷静下来，似乎没有别的路可走，但是他们不再对彼此心软，他们只是想找到恢复他们之前在家中的对应地位的方法。

"你最好读读报纸，总比什么事都不做好。"泰特比太太说。

"报纸没什么好看的。"泰特比用很不满的语气回应。

"总会有点儿新闻吧。"泰特比太太说。

"对我而言，那些新闻毫无意义，我一点也不在意人们都做了些什么，或是世界上发生了什么事。"

"关于自杀的新闻呢？"泰特比太太说。

"那就更不关我的事了。"她的先生回答。

"出生、死亡与婚姻你都不感兴趣？"泰特比太太说。

"如果都是一些发生在今天的关于出生的好新闻，或是将要发生在未来的死亡消息，我为什么要感兴趣，又不是发生在我身上的。"泰特比咕哝着。

泰特比太太脸上显现出不满意的表情，但实际上她和她先生的态度相同，可她还是想反驳他，以拥有吵架的满足感。

"你真是个顽固的人！"泰特比太太说，"你愿意自己一个人待在印刷室那里，一直看报纸。你愿意坐在那里，念新闻给孩子们听，一念就是半个小时。"

"你说的那都是过去的习惯，你再也看不到我那样的状态了。因为现在的我学聪明了。"

"啊！聪明？真的吗？你能学聪明吗？"

这个问题让泰特比的内心有点不舒服，他反复思考着，一只手撑着额头。"当然聪明了！咱们两个人中谁是最聪明的那一个，一目了然。"泰特比先生低语。

他们就在这种气氛下吃着饭，孩子们似乎不习惯安静地坐着吃饭，在餐桌旁边跑来跑去，像在举办一场疯狂的派对，面包和奶油成了打闹的武器，偶尔会有人发出刺耳的尖叫声，他们一会儿从屋里跑到街上，一会儿又从街上跳进屋里。

为了牛奶什么的站在桌上吵架在小泰特比们看来已变得稀松平常。泰特比把所有的小孩赶出去之后，屋子里才有了片刻安宁。可是还没安静多久，他就发现约翰尼偷偷地回来了，而且正偷吃罐子里的食物，被逮到的时候噎得说不出话来。

"我早晚会被这些小孩给累死！这么活着还不如死了算了！"在惩罚过捣蛋的小孩之后，泰特比太太这么说。

泰特比感叹："人为什么要生孩子，我们从没在孩子身上感到幸福。"

泰特比太太粗鲁地把杯子放在丈夫面前，自己也拿起杯子，突然他们像受到惊吓似的停下手上的动作。

"爸爸，妈妈，你们看！威廉太太在街上呢。"约翰尼大叫着跑进屋里。

泰特比与妻子同时放下手中的杯子，两个人都使劲用手拍了拍额头，脸上泛出柔和的光彩。

"上帝，我怎么会这样，请原谅我吧。我怎么像被什么东西附身了一样？这到底是怎么回事？"泰特比对自己说。

"我怎么忍心用这么恶劣的态度对待我的丈夫。"泰特比太太呜咽着，用围裙擦着泪。

"我怎么这么没良心？我亲爱的苏菲亚！我这是怎么了？"泰特比说。

"亲爱的阿达夫。"他的妻子回话。

"苏菲亚，我真的不想这样。"

"噢，阿达夫，现在你变成什么样我一点也不在乎，你不要难过了。"就像压抑已久的悲伤突然决堤，苏菲亚大哭起来。

"我亲爱的苏菲亚啊！你千万不要难过，那样的话我是不会原谅自己的。"泰特比说。

"不！阿达夫，这都是我的错。"她哭得更厉害了。

"我亲爱的苏菲亚啊！你不要这样，你把责任都揽到自己身上，让我惭愧极了。苏菲亚，我真是恶劣到了极点。"

"亲爱的阿达夫，你不要这样！千万别这样。"他的妻子带着哭声说。

"苏菲亚，我必须向你说实话，要不然我会发疯的！"泰特比说。

"威廉太太快要到这里了！"约翰尼在门口大喊。

"我的苏菲亚，我纳闷为什么过去那么崇拜你，我真笨，竟然猜不着原因！我都忘了你为我生了这些宝贝的孩子，我竟然从没好好反思过，这么多年，你为我付出的关心都是你不曾对其他男人做的，有那么多比我优秀的男人追求你，你却选了我。我真是忘恩负义，竟然不知道感激你这些年为我所做出的牺牲，却埋怨你不够美丽。"泰特比深吸一口气，扶着椅子以支撑起自己的身体，惭愧地说。

泰特比太太流着激动的眼泪，双手捧着丈夫的脸颊："噢，阿达夫！你能这么想我真的很欣慰，我一直埋怨你长得不够出众、个子不够高，却没有看到你那么多的优点。从现在开始我会接受你的一切，喜欢你的一切，因为你是我的丈夫啊！不要这么消沉，我是你的后盾啊，我会帮你重新振作起来的！"

"威廉太太到了！"约翰尼大喊。

威廉太太果然到了。当她进门时，所有小孩都跑过去亲吻她、拥抱她，小孩们在她面前快乐地跳舞，又像欢迎得胜回营的将军那样，簇拥着威廉太太。泰特比太太立刻站起来热情地迎接她。威廉太太顾家又充满爱心，人人都喜欢她的善良。

"圣诞节早上就来打扰了。啊，生活真是美好啊！"梅莉一脸愉悦地对大家说。

孩子们传来快乐的喊叫声，快乐、喜悦、荣耀围绕着她。

"我感动得都快哭了，我何德何能受到如此的关爱？"梅莉说。

小孩们成群结队地围着梅莉跳舞，他们玫瑰般的红润脸庞靠在她的裙子上，亲吻并且抚摸着梅莉的裙摆，一副依依不舍的样子。

"我从来没这么感动过。今天我一大早就来这里，是想告诉你们，雷德罗先生在黎明时找过我，他完全转变了，态度相当柔和，他请求我带他去探望威廉的兄弟乔治。一路上他的态度相当和善，似乎非常信任我，对我抱有很大的希望，这让我忍不住喜极而泣。我们到那间房子时，在门口遇到一个伤痕累累的女人，她抓住我的手为我祈福。"

"真好啊！"泰特比夫妇和所有小孩齐声大喊。

"噢，不只这样，威廉的哥哥已经在那里躺了好几个小时，谁也叫不醒他，我们走进房间后，他却从床上起身，流下眼泪，双手伸向我，向我诉说对自己过去浪费生命的行为的深深懊悔，可见他是真心改过啊。他求我替他询问父亲是否原谅他并接受他的祝福，他还希望我在他的床边祷告。就在我祷告的时候，雷德罗先生也不停地说着感谢上帝和感谢我的话。乔治握住我的手，直到熟睡了才放开"。

"噢！亲爱的，亲爱的！这对我来说可是天大的好事啊！"当梅莉说话时，雷德罗进门了，默默地走上楼梯。正当他想着自己又回到这里时，年轻的学生匆忙地从他身边经过，还不小心撞到了他。

"善良的梅莉啊！请原谅我之前对你的冷漠态度。"学生跪在梅莉面前，握住她的手。

"噢！我何德何能受这么多人的喜欢啊！"梅莉感动地哭了起来，边说话边擦着幸福的泪水。

"我不知道自己怎么能那么做，我也许是疯了。我听见小孩们大声叫喊你的名字，我的心中充满愧疚。亲爱的梅莉，请不要哭，如果你能看到我心中对你的敬意，你就不会哭泣了，你流泪我的心里也会难受。"学生说。

"不！不！不是这样的，你千万别这么说。这是喜乐的眼泪，你乞求我原谅你让我很惊讶，但是同时我又很高兴你这么做。"

"你还来帮我做那个窗帘吗？"

"会的！"梅莉擦拭着眼泪。

"这么说你原谅我了？"

梅莉把他叫到身边，对他耳语："艾德蒙先生，你的老家来消息了。"

"消息？什么消息？"

"你有心理准备吗？有人来看你了！"

"是我的母亲吗？"学生询问，眼睛不由自主地瞥向雷德罗的方向，雷德罗刚从楼梯走下来。

"不是，你再想想。"梅莉回答。

"难道是……"在他说出口之前，梅莉将手放在学生的嘴巴上。

"没错，艾德蒙先生，有一位个头娇小、相当漂亮的年轻女士得知你的病情以后很担心，于是她昨天与一位女仆一同过来，因为之前你寄信时写的是学校的地址，所以她到学校来了。我是早晨才见到她的。"

"今天早晨！那她现在在哪里？"

"就在集会所的小客厅里等着见你呢。"

艾德蒙急着往外走，却被梅莉拦了下来。

"雷德罗先生的变化相当大,他今天早上告诉我他的记忆力不好了。艾德蒙先生,为了表示我们对他的关怀,他需要我们重新给他美好的记忆。"

艾德蒙使了个眼神,对梅莉表示她的窗帘是一件好的礼物。当他经过雷德罗身边时,恭敬地在雷德罗面前弯下腰,雷德罗也亲切地回礼致意。

雷德罗把手放在头上,试着唤回那些失去的记忆,但是徒劳无功。音乐的影响力和幻影的重新出现,让雷德罗不断改变,现在他真切感受到自己失去了太多的东西。他在这种处境中相当可怜,不免与身边正常的人相互比较,而他身边的人也非常关心他,都对他的遭遇十分同情。

雷德罗从梅莉这个女人身上感觉到,他需要弥补过去所做的许多邪恶之事。雷德罗与她相处的时间越久,他的改变就越明显。由于梅莉唤起了他对生活的感情,他对梅莉相当信任,认为她能帮他解除一切困扰。

(七)

当他们来到集会所时,老史威哲就坐在烟囱旁的椅子上,眼睛看着地面,威廉则靠在对面的火炉旁凝视着老人。当梅莉走进屋子时,父子两人同时抬头,仔细地打量着她。

"噢,亲爱的,亲爱的,大家见到我都很开心!"梅莉高兴地大喊。老人与威廉非常高兴见到梅莉,这是种难以形容的快乐。威廉伸开双臂,梅莉奔向他的怀抱;老人的双臂也紧紧拥抱她,他也想念梅莉。

"唔,我们的梅莉这几天到哪里去了?你可有好一阵子没出现了,见不到你,生活都没那么快乐,我的儿子威廉呢?威廉啊!我还以为我在做梦呢。"老人说。

"父亲,我也是。您现在感觉如何?身体好点了吗?"他的儿子说。

"我可是很强壮啊,儿子。"老人回答。

"父亲,我知道您相当健壮。"威廉再次握住父亲的手说,同时给父亲轻轻拍背,用手给他的后背按摩。

"我的乖孩子,我活了这么大年纪,还从未像现在这么健康又神清气爽。"

"父亲,您真棒。您说得没错,您一生中遇到过那么多的机会与转变、悲伤与困境,您日渐灰白的头发记录这么多年的冬雪夏雨,一想到这,我的内心就会升起无限的敬意,想要您的晚年过得舒服一点。"威廉激动地说着,不停地对父亲嘘寒问暖。老人之前一直没有发现雷德罗已经进来,现在终于看到了。"雷德罗先生,真抱歉,才看见您在这里,真是失礼啊。我想起您还是个学生时,我们曾在圣诞节的早晨在这里见过一面。那时您在圣诞节也要到图书馆认真看书,哈哈!虽然我已经87岁,可是什么都记得清清楚楚。在您离开这里不久之后,我的妻子就过世了,雷德罗先生,您还记得我的夫人吗?"

雷德罗回答他:"当然还记得。"

"她可是位相当可爱的女人。您记得你曾经在某个圣诞节早晨与一位女士来到这里,雷德罗先生,那就是和您感情相当好的妹妹吧?"

雷德罗看了看老人,神情茫然地说:"我的确有一个妹妹。"接着就不再说。

"您曾与她在圣诞节早晨一同来过,当时天上还下着雪,我的妻子邀请她进晚宴厅,大家一同坐在温暖的火炉前。圣诞佳节时,壁炉里是一定要燃着熊熊火焰的。我记得我把炉火生起,让女士们暖和着漂亮的双脚。你的妹妹大声念出墙上画作下的题字:'万能的主,请赐予我栩栩如生的记忆。'我的妻子与她谈论着画作,她们认为那句话是非常好的祷告文,可惜她们已经不在世了。当时你的妹妹说:'啊!请赐予我哥哥栩栩如生的记忆,不要忘记我。'我的妻子则说:'啊!请赐予我丈夫栩栩如生的记忆,不要忘记我。'"

雷德罗眼中流出了痛苦的眼泪,也许,这是他一生中最难过的一刻,老史威哲则完全沉浸在自己的记忆里,直到后来才发现雷德罗满是泪痕的脸,还有梅莉焦虑的眼神。

"菲利浦!"雷德罗将手放在老人的手臂上,我是一个受到失忆病折磨的人,也许这是我应有的报应,我被命运的舵手压得喘不过气来。您告诉我什么才是永远无法追随的呢？我的记忆已经消失不见了啊！"

"仁慈的上帝啊！"老人大喊。

"我已经失去对过往悲伤、错误与困境的记忆了啊！人类回忆的能力已经不属于我。"化学家说。

老人对雷德罗表达了怜悯和同情，雷德罗也为老人失去亲人而难过，他多多少少知道这些回忆对于老者而言是多么珍贵。

那个小家伙在这时跑了进来，向梅莉的怀抱奔去。

"有个住在别的房子的男人，我不喜欢他。"小家伙说。

"他在说谁？"威廉不解。

"嘘……"梅莉示意。

威廉与老人看到梅莉的暗示，很有默契地不再追问。后来，他们悄悄地出去了，此时雷德罗让小家伙到他身边来。

"我不去。"小家伙抓住梅莉裙摆的手就是不放开。

雷德罗微笑着说："你不要害怕我，到我这里来吧，我比以前温和多了。"

一开始小家伙还是有些害怕，最后在梅莉的劝说下，他走到雷德罗身旁，在他脚边坐下。雷德罗把一只手放在小家伙瘦弱的小肩膀上，用充满怜爱的眼神望着他，另一只手则将梅莉握住。梅莉往雷德罗的方向斜着身体，看着他的脸庞，说："雷德罗先生，我可以和您说几句吗？"

"当然可以啊，对我而言，你的声音就像音乐一样动听。"

"我想问您一些事，您记不记得我昨晚敲您的房门时所说的话？与您的一位朋友有关的，我说他正处在崩溃的边缘。"

"嗯，还记得。"雷德罗有些犹豫地说。

"您明白我那些话的意思吗？"

雷德罗用手顺了顺小家伙的头发，眼睛盯着梅莉看，想了一会儿，然后摇摇头，将原本拥着小家伙的手缩回来，放在梅莉的手背上。

"那个男人是艾德蒙的父亲，艾德蒙就是您刚刚见到的那位年轻人，其实他真正的名字是洛佛德，对这个名字您还有印象吗？"

"嗯。"

"还记得那个男人吗?"

"记不清了,难道就是他曾经无耻地诈骗过我吗?"

"那是让人难过的往事啊!"

雷德罗摇摇头,然后又将头低下。

"昨天晚上我没有去找艾德蒙先生,假如您听我叙述一遍,可能就会记起所有的事情。"梅莉说。

"你的每一句话我都会仔细听的。"

"那时我并不知道那个男人就是艾德蒙的父亲,我还担心他在一场大病后智力可能会受损。因为一些原因,我知道了那个人的身份,但是我没有去见他。这么多年,他都与自己的妻儿分离,在艾德蒙年纪还小时,他就离开了家人,所以他们彼此就像陌生人一般。他离弃了自己最亲爱的人,他那彬彬有礼的绅士模样也日渐消失,直到……"梅莉突然站起来,疾步走到门外。

过了一会儿,一个身体虚弱的人和梅莉一起走进来,雷德罗想起曾在昨晚见过他。

"你认识我?"雷德罗询问。

"真是遗憾,我还不认识你。"对方回应。

雷德罗看着男子虚弱地站在他面前,表情上满是自卑和堕落的痕迹,因为很瘦,所以本就颀长的身材更显羸弱,他试图让自己看起来较有精神,但好像都是徒劳。梅莉重新坐下。

"看看他现在的悲惨境况吧!假如您可以记得和他相关的那些事,您对他还会有同情心吗?请不要介意我们谈论以前的事,告诉大家他为何会被世界遗弃吧。"

"我希望并且相信,那能唤起我的同情。"雷德罗回答。他的眼睛来回打量着站在门边的那个人,但是很快又回头凝视着梅莉,仿佛从她的每一个细微表情与动作都能读出训诫。

"我没读过什么书,并不习惯思考,但是您有渊博的学识。请听我告诉您,为什么说回忆那些欺骗我们的人算是一件好事。"

"好。"

"每个人都应该有颗包容的心。"

"上帝啊!原谅我吧!请原谅我对你道德观的忽视!"雷德罗突然睁大双眼说。

"如果……我是说如果,有一天记忆又重新回到你脑海中,如果你能回忆起那些痛苦的过往,然后宽恕它,这不就是一件好事吗?"梅莉说。

雷德罗的心被她明亮的脸庞投射出的清晰光芒照亮。

"被他遗弃的家庭里,他也不打算回去,对他的亲人来说,他只会给他们带去羞耻和麻烦。现在他所能做的对亲人的最大补偿就是不与他们见面,只需要花些钱就可以让他搬到遥远的地方,他可以在那里好好生活,免受欺侮和打扰,静静用余生对他所做的错事忏悔。对他那可怜的妻儿来说,这也许是他们的朋友所能给予他们的最大帮助了。他的身心已经遭到打击,这样的做法对他而言也许是种救赎。"

雷德罗说:"我信任你做的事,请转告他,雷德罗已经原谅他了,我也非常高兴自己能这么做。"

梅莉站起来,看向那位曾经堕落的男人,示意她的调解已经成功。那个男人往前走了一步,朝着雷德罗的方向说:"您真是太宽容了。您过去也是相当宽容的,而且不需要别人报答恩情。雷德罗先生,我一定不会忘记您的善良。我是一位不小心堕落了的苦命人,或许我不会表达自己的想法,但我对过往人生的记忆十分清晰。从我开始走向堕落时,我就开始了对你们的虚假交易,我的命不久矣,所以我要向您坦白这一切。假如我可以控制那致命的第一步,现在的我就不是这样了,也许会过着不一样的生活。现在的我没办法奢求什么了,您的妹妹已经安息,远离人世的纷扰,这样总好过和我这样一个可恶的人在一起,而我还是继续保持着您想象中的绅士模样,那正是我自己希望能拥有的样子。"

雷德罗迅速挥了一下手,似乎不想再继续这个话题。

"我觉得那时的我是一位来自地狱的男人,如果不是有您这双祝福的手,我可能在昨天晚上已经自掘坟墓了。"堕落的男子对梅莉说。

"噢,亲爱的,他也像别人一样喜欢我!这又是一位给我恩惠的人。"梅莉有些呜咽地说。

"我昨天晚上绝不会自己过去求您，但现在我的记忆受到强烈刺激，不知道为什么，我突然可以回忆起以前的事情了。在梅莉的建议下，我前来寻求您慷慨的赠予，雷德罗先生，我感谢您也祈求您，在我所剩无几的日子里，希望您能仁慈地对待我，就如同您想象中一般。"

他转身面向门，停下脚步不再前进。

"看在他母亲的份上，我希望您能多照顾我的儿子，我也希望他是个值得您这么做的人。在我的生活步入正轨之前，我没有脸见他。"

那个男子向外走时，双方第一次对视，雷德罗感受到对方眼神中的坚定，他向男子伸出手，男子也伸出自己的手，两人紧紧地握手，然后男子低下头慢慢走出去。

（八）

又过了几个月，梅莉悄悄将男人带到大门口。当时雷德罗坐在椅子上，威廉和老史威哲站在他身边。

"父亲，就像我说过的那样，她很受人喜爱，我的妻子心中一直充满着母爱。"威廉大声地说。

"噢……你说得是，我的儿子威廉说得没错啊。"老人说。

"亲爱的梅莉，我们没有自己的小孩，我很希望你能有这样一位小孩可以疼爱。梅莉啊，我们那个没能好好活下来的小孩曾经让你投注了多么大的希望啊，最后却使你变得沉默。"

"亲爱的威廉，你还能记起这些事我很高兴，我每天都能想起。"

"我很害怕你会沉浸在悲伤的回忆中。"

"威廉，你不用害怕，能够回忆起他，对我而言是种安慰，他可以用各种方式与我对话。虽然他这个纯真的生命还不曾在世上活过一天，但是威廉啊，他永远是我的天使啊！"

"梅莉，你是我与父亲的天使，我懂得你这么说的原因。"

"我时常回忆那些寄托在他身上的希望，有许多次我静静地坐着，幻想我心中的他那张微笑的脸庞。虽然他从未依偎在我怀里，但我依然能够想象他那双甜美的眼睛,尽管它们还没来得及看看这个世界。每当我想起他时,心中便充满温情。虽然我永远无法实现对他的希望,但是这样的幻想也不会带来坏处,当我看到别的母亲怀里抱着可爱的宝宝时,我多么怀念他啊。想象着我的孩子也躺在我怀里,就很快乐了。"

雷德罗抬起头来看着梅莉。

"他一直默默陪着我,告诉我那些被世界遗弃的可怜孩子需要我的帮助。所以当我知道有哪个年轻人正在受苦时,我仿佛感觉到我的那个孩子在为他们祈祷。面对老父亲渐渐变白的头发和苍老的脸颊时,他还会对我说,谁都有老去的时候,每个老人都需要得到年轻人的尊重与关爱。"

梅莉的音调越来越低,她拉住威廉的手臂,把头靠在上面。

"小孩们都喜欢我,似乎可以感受到我对他们的感情,懂得他们的喜爱对我来说是多么珍贵。威廉啊,现在的我依然快乐,但是我必须承认,在我可怜的孩子过世时,我非常悲伤,那时的我无法释怀。当时我以为只有去天堂和我的孩子见面,我才能幸福生活,幻想在那里他会叫我一声'母亲'。"

这时,雷德罗跪在地上,大声哭喊:"噢,上帝!我已接受您纯净的教诲,您仁慈的心让我恢复记忆,并且想起所有曾经消失的美好事情,请接受我对您的感激,请您祝福善良的梅莉吧!"

雷德罗怀着深深的感激将梅莉拥在怀中,梅莉感动地呜咽着,然后笑着说:"他终于找回记忆了,他真的很喜欢我。亲爱的,这是对我的恩典啊!"

此时,洛佛德挽着一位有些害羞的漂亮女士走过来。改变后的洛佛德凝视着雷德罗和梅莉,他在他们身上看见人生的美好和纯洁。

圣诞节就像是一年中我们回忆悲伤、错误与困境的节日,在这天我们回忆过去的快乐与伤痛,祈求上帝的宽恕。雷德罗将手轻轻地放在小家伙身上,默默地祈求上帝看看这些他过去护佑的孩子们,发誓要保护他、教化他,然后愉快地握住老史威哲,跟他说要在当天举行一个圣诞晚宴,就在晚宴厅里。

雷德罗表示会告知史威哲家族所有的成员，威廉告诉雷德罗先生，史威哲家族非常庞大，手牵着手甚至可以绕英格兰一圈。尽管如此，雷德罗先生还是决定通知他们参加晚宴。

宴会如期举行，果然有很多史威哲家族的成员出现在晚宴中，大概有十几二十人，晚宴时有一些关于乔治的好消息宣布，大家期待奇迹的降临。老史威哲和威廉夫妇刚去探望过他，乔治的病情已经好转很多。泰特比家族也出席了晚宴，阿达夫围着印有菱形图案的围巾，正准备享用牛肉。约翰尼与小宝宝是最晚到的，约翰尼看起来很疲倦，小宝宝却胃口大开。

我们看到一些流浪儿，感到很难过，他们只能在一旁看着其他孩童玩耍，却不知道应该怎样加入他们的游戏，相对于那些小伙伴，他们跟小猫、小狗的关系更亲密。那个最小的孩子似乎是出于本能，知道自己的不同，他总是孤单一人。梅莉去照顾这个最小的孩子，小孩渐渐喜欢上她，正如梅莉所说的。看到小孩们跟梅莉亲近起来，大家非常高兴。

雷德罗把这些都看在眼里，与他同坐看着此情此景的还有年轻的学生和他的未婚妻、菲利浦、威廉这些人。雷德罗已经彻底醒悟，原来鬼影就是他邪恶阴沉的另一面，而梅莉则是善良智慧的体现。

参加宴会的人们聚集在宴会厅，除了之前用餐时点燃的炉火外，没有其他光源。恐怖阴影再一次藏匿在人们身边，那些熟悉的身影瞬间转变为疯狂魔幻的影子，但是，在这个大厅上有着鬼影无法遮掩与改变的东西。雷德罗凝视着大厅里那幅在炉火映照下的画像，画像中的脸庞显得很庄重，仿佛有着生命活力似的在墙上注视着他们。

他的身上围着毛皮围脖，脸上留着尖翘的胡子，从嫩绿的冬青树花围成的圈往下看，迎着这些人往上看的眼神。整个氛围无比宁静，天空中回荡着一个温柔的声音：万能的主，请赐予我栩栩如生的记忆！

失踪的房客

当格雷法学院的某个房门被撬开的那一刻，一具骸骨倒在了门口。这具骸骨竟然是失踪了整整两年的一名房客。究竟是谁杀了他？为什么两年来人们都没有发现他的尸体呢？

匹克收到了一封来自法院的信件，上面说他的女仆告他毁弃婚约。他看了信连忙联系他可靠的律师潘卡，谁知潘卡律师出差去了巴黎。他在潘卡的指示下去酒吧找到了办事员劳顿。两个人谈妥事情后，匹克应邀参加了当晚的聚会。

在聚会上，匹克提到了他之前的经历，说："我今天晚上到了一个大家都很熟悉的地方，但是我几年没去过了，也不是很熟悉，那就是格雷院。各位先生，在伦敦，格雷院这样的地方可称得上偏僻了！"（在伦敦有四个法学院，分别是内院、中院、林肯院和格雷院，匹克先生找潘卡先生时去的就是最后的那一个。）

他刚说完，一位先生便趴到他耳边低语："嘿，你可是选对话题了。我们这群人中有个叫杰克·本伯的，老杰克独自住在法学院，都要发疯了。他总是跟我们讲法学院的事情。"匹克好奇地询问劳顿哪位先生是老杰克。顺着劳顿的目光，他看见一个样貌奇怪的老头，又矮又小，蜷坐在椅子上。老头的脸上布满了皱纹，灰色的眼睛发出智慧的光芒。匹克暗想这么有特点的一张脸怎么会被自己忽视。只见老头面带一丝怪异的狞笑，把下巴放在枯瘦的手上，头歪到了一边，扫视着四周，他的目光透着奸诈，不禁让人感到厌恶。

老杰克听了匹克的话，顿时来了精神，坐直身子说道："是谁在说法学院啊？"

"是我，先生。那真是个古怪的地方。"匹克答道。

老杰克顺着声音,瞥了匹克一眼:"哼,你知道些什么?那些房子见证了多少离奇的人生啊!从前,一个个青年人将自己整日整夜地锁在屋子里对着古旧的书本。他们的神志在无趣的书本中消失得无影无踪,他们的健康和青春也都奉献给了那些书。就连清晨充满朝气的阳光,也不能带给他们新鲜感。他们一个一个这样辛勤努力,最后终于倒下了。后来,哼,新的人住进去就会接二连三地患上各种慢性病……这样的事,你又知道多少?"

说到这,老杰克顿了顿,像是要刻意强调什么,接着说道:"你看到多少可怜的辩护律师满怀悲伤地被迫离开律师事务所,绝望地跳入泰晤士河或者带着枷锁走入监狱。这些你都不知道,只有你嘴里古怪的房子能说得清。倘若赋予它生命,它能跳出来说上三天三夜。你说什么——它们不过是古怪的地方。我告诉你,我宁可听那些荒诞的虚构故事,也害怕听到古老房间里发生的真实事件。"说完,老杰克从兴奋中恢复过来,瞪着匹克。

匹克面对这样的指责和提问哑口无言,只是满怀好奇地盯着老头。宴会上其他人并没有插话,只是淡淡地微笑倾听。

老杰克休息了一会儿,接着说道:"哎,从另一个角度看,那些真实发生的历史是这世上最平淡、最枯燥的事。你们都好好想想,这古怪的地方折磨了多少人!贫穷的人想当律师,为了这个目标放弃了健康、热情,变得一无所有。就算这样,这个职业也不会给他一点点希望之光。从满怀希望的等待到失望和恐惧,越来越穷困,直到心中那唯一的一点儿念想也消失殆尽。最后,他们该怎么办?是一跃跳进冰冷的泰晤士河,还是沉溺在酒乡中,哪怕在梦里满足自己的一点点奢望!"说完,老头搓了搓手,心满意足地用另一种方式教训了匹克。

"我倒从来没想到过这样的事。"匹克笑着说。

"哼,就拿你们的大学来说吧!里面尽是些浪漫离奇的事,并不是没有,只是你们想不到罢了。"老头不屑地回答。

老杰克思索了一会儿,接着说道:"以前,我也有个朋友像你一样觉着法学院里不过发生些稀疏平常的事情,没什么古怪的。最后,他也成了这屋子传奇中的一个。有一天早上,我的朋友正打算外出,结果突然中风发作,直直地倒在地上死了。这么过了一年半,没一个人发现,所有的人都以为他到外地去了。"

"后来怎样了?怎么发现他的尸体的?"匹克好奇地问。

"还能怎么样,由于他拖欠了将近两年的房租,法学院院长决定撬开房门看一看,结果只见到一具积满厚厚灰尘的骷髅,倒在地上,骷髅的身上还穿着蓝色的上衣、黑色的短裤,脚上也套着拖鞋。这件事,也有点儿古怪吧!"老杰克的头歪得更厉害了,又搓了搓手。

"除了这个,我还知道另一桩。那件事可要比这个离奇多了!"小老头笑得肩膀一耸一耸的,环顾下四周,接着又说了一桩逸事。

大约二十年前,在克里德福院的顶楼有一个房客。他因为掏不出房费,就吃了砒霜躲进卧室的壁橱里。账房来收租的时候,一直没看见人影。房子里什么也没有,账房就以为那人已经逃跑了。于是,账房又贴了招租的信息。另一个人来租房子,也没发现什么异常。新房客住了一段时间后,总觉着冥冥之中有人注视着自己的一举一动,但仔细检查一番却没有任何发现。为求心安,新房客搬到另一间卧室睡觉,将原来的那间屋子作起居室。奇怪的是,新房客在起居室看书的时候,还是觉着有人在背后盯着他。

一天晚上,新房客看戏归来,一边喝着酒一边纳闷,为什么自己老是有种屋子里有个人一直盯着他的错觉。

新房客点燃蜡烛,满屋子地仔细搜索。他倚着墙壁,目光一下子集中到那个没动过的小壁橱上,不由得浑身发抖,恐怖的阴云罩在他头上。新房客鼓足勇气,三两下砸坏了壁橱的门锁。门开了,一个人笔直地站在角落,面色紫青,脸上还挂着恐怖的狞笑,手里紧紧地攥着一个小瓶子——那正是之前的房客。新房客吓得不知所措,瘫坐在地上。

说完这个故事,老杰克看着那些被他说的故事吓得变了脸色的家伙们,得意地笑了笑。

"先生,看来您知道很多可怕的事情。"匹克拿起放在衣襟里的眼镜,仔细观察老杰克的面孔。

"可怕？这些故事可怕吗？你觉着它可怕是因为你完全不了解，这样的故事多么有趣啊！"老杰克说道。

听到这样的回答，匹克激动地喊道："什么？有趣？你没搞错吧！"

貌似被匹克的音量冒犯到，老杰克恶狠狠地瞪了他一眼，"是呀！多有趣，难道不是吗？"

未等到别人插话，老头自顾自地又说起故事来。

大约四十年前，有个人在那些最古老的学院里，租了一间破旧的屋子。那个房间已经很久没人居住了，潮湿又昏暗，住起来绝对不舒服。不过价格低廉，家具齐全，所以这个人就租了这间便宜屋子，连带着买下了屋子里已经腐朽了的一些装置。当他来到屋子里，不禁感叹，这屋子绝对比他想象的坏上千倍。

他想，既来之则安之，于是就搬了进来。屋子里的家具，最没用的就是那个看起来年代久远的木头柜子。柜子上安着玻璃门，还用绿色的帘子挡着。对于这个贫困潦倒的人来说，木头柜子简直就是个奢侈的装饰。随后，他把带来的行李分放到屋子的各个位置。

夜里，他疲倦地坐在火炉前，喝着赊来的威士忌，一边感慨着不知何年何月才能还上欠账，一边在屋子里扫视。

他的目光碰到了那个无用的木柜，对着它说："嘿，老家伙！虽然我迫不得已按照旧货的价格买了你，可是你说说我能用你来做什么？要是没买，我还能多喝一杯威士忌呢！现在呢，我连喝杯酒都要赊账，真不如劈了你烤火，也许这样最合算！"这位新房客刚说完，就听见屋子里传来微弱的呻吟声。他开始并没在意，以为不过是邻居出去吃饭什么的。他懒洋洋地拿起拨火棒，弄了弄炉火，又坐回椅子上。

这时，呻吟声又出现了，柜子的一扇玻璃门自己缓缓地打开了。玻璃门上显现出一个衣着褴褛、面色惨白的人影，那影子就直挺挺地立在玻璃上。不难看出，那是个高瘦的人——面目狰狞，浑身上下透露着地狱的气息。

新房客吓得拿起拨火棒在空中不停地挥舞，声音颤抖地问："你，你是谁？"

"把棍子拿开！"人影低沉地回答道。

新房客并没有照做，而是举起拨火棒，正对着人影的头部，试图戳过去。

"哼，如果你想戳就瞄准些，可别碰到我身后的木头柜子。"

"你到底是谁？快说！"房客移开了拨火棒，不过他全身紧绷，摆出防卫的姿态。

"我是一个鬼。"

"鬼？那，那你在这里干什么？在……在这个房间。"房客颤巍巍地回答。

"我从前在这里工作，辛辛苦苦地工作了大半辈子，最后，最后却和我的孩子一起变成了乞丐。这个柜子里堆着一摞一摞的文件，就在这个房间里，我绝望悲伤地死掉了。然而两个坏蛋瓜分了我用命换来的每一分钱，居然一点都没留给我的子孙。自从我把他们吓跑，夜晚的时候我就能回到人间，回到这个受尽罪的地方。这是我的房间，应该留给我……"那个鬼还在那里絮絮叨叨地嘟囔着。

房客忽然生出了勇气，插话道："尊敬的先生，如果您坚持要在这里出现的话，我很高兴放弃这里。毕竟，这个屋子并不是很好。不过，我有一个问题，不知道能不能请教您？"

"你说，什么问题？"

"其实，这话并不是单单对您说的，我觉得对于大部分的鬼魂都适用。空间对于你们来说根本不是问题，为什么你们不去世界上最好的地方呢？你们老是待在生前不幸的地方，这在我看来有些矛盾。"

那个鬼听了这话，歪着头说："天啊，我怎么从来没想到过这样的问题呢？"

房客接着说："这个房间不是很舒服，家具快散架了。我猜过不了多久就会生臭虫。更何况，伦敦的气候一向是有名的糟糕，我相信您一定能够找到更舒服的地方。"

"你说得很对，这位睿智的先生。以前，我怎么从来没想到呢？我马上就换个地方。"那个鬼一边说着，一边慢慢离开了。

房客突然想起什么,在鬼影身后追着喊:"如果可以,请您将这话告诉屋子里其他先生和女士们。"

"我会的,我们真笨,怎么从来都没想到呢!"说完鬼就完全消失了。

故事说完,老杰克再次留意了一下周围人的表情,补充道:"神奇的是,那个鬼影真的再也没出现过。"

一个衣服上缀着彩色扣子的先生听到这里,忍不住说了一句:"如果是真的,那倒是好事!"说完又点燃了一支雪茄。

"杰克先生,听说您还知道那个古怪委托人的故事,您能不能给我们讲一讲?"匹克说道。就连唯一听过这故事的劳顿也连声附和。

"好吧,既然大家都要听,那我就勉为其难再讲一遍。"老杰克得意地看着周围被激起好奇心的人们。

我也记不清楚自己是什么时候在哪里听说的这件事。这中间发生的事情有些是我亲眼所见,其余的不过是听说,但是我保证了解这事情的人尚在人世。另外,在讲述这件事情的时候,我从亲身经历的事情说起,这样事情的顺序不免有些颠倒,请你们见谅。

那时候,伦敦波洛区大街上圣乔治教堂的附近,有一所叫作马夏尔席的负债人监狱,这里的人差不多都知道这所监狱。虽然它跟从前的那种肮脏污秽的监狱大不相同了,可是改良之后的它也没好到哪里去。

在伦敦所有的地方中,我最无法忍受的就是这里。不知道这跟我的爱好是否有关,或者是因为我总摆脱不了跟这里有联系的那些往事,总之,我很讨厌那所监狱。波洛区的主要街道十分宽敞,沿街的店铺也高大亮丽,过往的车辆和人群川流不息,从早到晚,一直熙熙攘攘的。不过,由大街延伸的小巷阴暗狭窄,就像是流着脓水的伤疤一样,一切龌龊淫乱的事情都发生在那里,这让小街小巷蒙上一层病态阴郁的色彩。

所有的这一切就像是一幅画,展现在每一个进入马夏尔席监狱的人。第一次进来的人,可能觉得这里的日子很轻松。但是当进来的人遭受到第一个沉痛的打击后,他们就会颓废不堪。这里没有一个人能通过作为一个朋友的考验。他风光无限时,许多酒肉朋友信誓旦旦地保证为他卖命;当他身陷囹圄时,那些人早就不见了踪影。我要说的就是在这监狱待过的人的故事。他满怀希望地等待有人伸出援助之手，不管承受怎样的打击，都没有放弃希望，就算身处沮丧之中，也没有丝毫的动摇。这个负债者脸上浮现着希望之光，尽管由于饥饿变得骨瘦如柴，但他依然期盼着。

那是二十多年前，每天清晨你都会看到一个年轻的母亲领着一个小孩出现在监狱门口。他们总是焦虑不安地在那里待上一个钟头，然后来到古老的桥上。年轻的妈妈温柔地抱着孩子，让他去看那闪耀着光芒、流淌着的水，试图引起孩子的兴趣。不过很快那位母亲就放弃了，把孩子放在地上。她用围巾挡着脸，任由泪水悄悄地流淌。年轻的母亲看着没有表情的孩子，静静地坐着。在孩子的眼里，每天都是一样的，没有哪一天能够逃离他父母的贫穷和不幸。

他坐在母亲的膝头，偷偷观察着妈妈的热泪，然后找个角落呜咽着入睡。虽然他还是个孩子，但残酷的事实早已磨去了他的童心。饥寒交迫的孩子从来没有欢快地笑过，就连本该散发着好奇的眼睛，也一直灰蒙蒙的。他的父母也意识到了这一点，不过有苦难言。年轻的父亲失去自由被拘禁在监狱里，同时，身体也渐渐变得消瘦，一点点失去健康。娇小瘦弱的母亲饱受着精神和肉体的双重打击。看着她的孩子，心一点点地破碎。就这样，寒冷的冬季来临了。

凛冽的寒风中，可怜的少妇搬到了距离她丈夫坐牢的地方很近的一间小屋子。虽然她越来越穷，但是能和丈夫靠近一些让她感到比从前快乐多了。接连两个多月，她和她的孩子每天照常来监狱等门。

突然有一天，母子俩没有出现。又过了一天，她独自一人来了。任何人看见这个失去孩子的母亲，都意识到死亡离她不远了。他们夫妇的朋友们再也没有谁怀疑他们的悲伤了。他们留下了一间房子，供乔治夫妇二人度过最后的日子。那个年轻的母亲，没有希望地慢慢衰老下去。

一天深夜，死神来到他们的家门，年轻的母亲昏倒在她丈夫的怀里，惨白的月光照着她的脸庞。她的丈夫吓得腿脚发软，无力地抱着将死的妻子，企图唤醒她。

"放我下来，乔治！"苏醒过来的妻子有气无力地说。

那个叫乔治的男子听从了夫人的吩咐,坐在她的身边,掩面哭泣。"我知道你很伤心,我也不忍心离开你,可这是上帝的旨意。如果你爱我,就接受这样的事实吧!你不要怨天尤人,你要感谢上帝,它先接走了我们的孩子,让他不用在尘世受苦,又接我去和他做伴,让他不至于孤单一人。"妻子温柔地看着哭泣的丈夫,说道。

"不,你不能死,玛丽!你不要丢下我一个人,振作起来,不要离开我,我的爱人。我爱你,请你振作,你一定要活下去,不要离开我!"乔治哀号着,跳起来攥紧拳头捶打自己的胸膛,很快又坐了下来,抱起可怜的玛丽。

"再……再也不会了,乔治。答应我,一定要答应我,把我埋在儿子旁边,让我跟他做伴。如果有一天,你能够赚到很多钱,不要忘记我们母子,把我们移到乡村墓地里,让我们安息。亲爱的乔治,你一定要答应我。"

乔治激动地跪在地上,摇晃着他的妻子说:"我答应,我什么都答应。求求你不要离开我,你再看看我!再说一遍爱我!"

玛丽的手重重地滑落到地上,乔治怀里的躯体也渐渐变得沉重僵硬。玛丽就这样离他而去。

乔治住了嘴,深深地叹气。他不再哀求,整个人静止在那里。突然他的嘴角浮现出一丝微笑,笑容就僵在那里。他终于孑然一身了。

他跪在妻子的尸体前发誓:"万能的主,请您为我见证,从今往后的每一天,我都为了复仇而活。"

他的脸上写满了绝望和决绝,他的朋友们看到他就像是看到了地狱的使者。他几乎精神崩溃,脸色惨白,眼睛里满是血丝。他的身体佝偻了,由于太过悲痛,咬穿了自己的嘴唇。一夜之间,他像是换了一个人。

"必须把他妻子的尸体移走!"他在悲痛中冷静地接受了这样的通知。移走尸体的那天,监狱里所有的人都聚集起来。他一个人静静地穿过人群,一步一步,沉重地走在前面,人们扛起棺椁跟在后面。聚集的人群像被夺去了声音,静静地站在那里。乔治停在了监狱的门口,茫然地看着妻子的木棺被人抬出了大门,昏倒在地上。

在那之后，乔治昏迷了几个星期。他一直高烧不退，却从没忘记自己许下的誓言和丧妻之痛。

在梦中，他一个人在无边无际的海上漂泊。天空是血红色的，他放眼望去只能看见惊涛骇浪汹涌而来。在他面前，一艘船在巨浪中挣扎，所有人被汪洋大海吞没，他看到一个老头冒出了水面，高声呼救。一看到那人的相貌，他就跃进海中，死死地抓住老人，将对方溺在水中，直到老人放弃挣扎，他才放手。他实现了他的誓言，杀死了仇人。

在另一个梦中，他看到自己走在荒无人烟的沙漠中，狂风大作，沙子形成的巨龙呼啸而来，脚边随处可见人的骸骨，他发疯似的向前冲去，感受到一丝丝凉意。他看到了水，便急匆匆地扑了过去，倒在地上。一个白发苍苍的老人晃晃悠悠地走了过来，他抬头一看，是那个人，是那个罪魁祸首！他拼尽所有力气，拖着老人后退，双手紧紧地扼住老人的咽喉，直到对方咽了最后一口气。他站起身，一脚踢开身边的尸体……

他终于清醒过来，发现自己已经恢复了自由而且变得富有。他的父亲，那个宁愿把钱送给乞丐也不留给他的人寿终正寝了。想来，此时此刻，他的父亲正在另一个世界懊恼，死前没有留下遗嘱。他清醒后，仔细思考了自己以后活着的目的。那个害他坐牢的人，那个害死他妻儿的人，就是他妻子的亲生父亲。

是的，那个罪魁祸首就是玛丽的亲生父亲。那个冷血的恶魔，不顾自己女儿和外孙的苦苦哀求，一脚将她们踢出了大门。他恨不得立刻起身报仇，但是虚弱的身体阻挠了他的复仇计划。

他为了养精蓄锐，搬到了海边一个清静的地方。在那里，他思考着至关重要的复仇计划。结果，上天给他送来了第一次复仇的机会。

夏天的一个黄昏，他从住所出发，和平常一样沿着礁石边的窄道漫步。他停下来，坐在平常休息的老地方，看着天空中飞翔的海鸥和缓慢坠入海中的夕阳。沉静突然被一声声焦急的呼唤打破了，他听到那熟悉的声音，以为是自己太过沉迷于复仇而出现的幻觉。谁知道，呼救声并没有消失，还一声比一声响亮。他站了起来，沿着声音传来的方向疾奔。沙滩上散落着凌乱的衣服，远处的海水中有一个人在起伏挣扎。一位老人在大声疾呼,奔跑着四处求助。乔治虚弱的病躯在那一刻,充满了力量。他向海边奔去,脱掉衣服,准备跃入海中去救那个溺水的人。

"先生,救救他!快救救他,看在上帝的份上,那是我唯一的儿子啊!"老人发狂似的大喊,好像他的呼喊声能加快乔治的步伐一样。"先生,救命!那是我唯一的孩子啊,他就要死在他父亲的面前了!"

乔治认清了呼喊着的老人的面容,他站住了,双手交叉叠在胸前,一动不动地站在那里。"哦,上帝,伟大的上帝!你……你是乔治!"老人看到站在那的人,害怕地后退。

乔治笑了笑,像个石像一样定在那里,一声也不出。

"乔治!我的孩子,乔治!求求你,救救他!乔治!"老人大口大口地喘着气,焦急地望向溺水人的方向。

乔治不为所动,依然定定地站在那里。

老人跪在地上,尖声哀求:"我求求你救救他,以前是我对不起你,你要报复就夺走我的一切,我的生命。如果我能抑制住求生的本能,我会一动不动地任你打死我。不过求求您,救救我的孩子吧!他还那样年轻!他不能就这样死掉,求求你,救救他!"

乔治上前,狠狠地抓住了老人的手腕:"你给我听着,血债血偿。我的儿子就在他的父亲面前死去了,比起海里挣扎的那个小畜生,我的儿子要惨得多。当初,你的女儿在你面前苦苦哀求的时候,你怎么没想到救救她!活该,报应!老天爷,终于报应在你身上了。当时你是怎样嘲笑我们的痛苦的,看看吧!睁大眼睛好好看着,看着死神是怎样夺走你儿子的生命的!"乔治一边说,一边指着海。海面上挣扎的人,就这样消失了,连一点涟漪都没有,平静得好像刚刚的一切都是幻觉。

三年后,一个绅士出现在伦敦的一家律师事务所门口。他说有要紧事找律师密谈。那个律师以擅长处理刁钻古怪的业务而闻名。这位绅士看上去年龄不大,不过看上去身体不好。绅士等来了他要找的人,说道:"我想请你帮个忙,帮我处理一些法律上的事。"

律师听到这话,客套地鞠躬,眼睛瞥了下绅士手中的包裹。

绅士注意到了律师的目光,将包裹在手上掂了掂,说:"这可不是件容易的差事，单单说这些文件，就花费了我很多的时间和金钱才搞到手。"

律师听到这话，更是焦急地看了过去。他的客人解开包裹上的绳子，拿出一份份契约、期票和文件。

"我想你能看出来，这些文件上写着的那个人，凭借这些东西借了很大一笔钱。最近他倒了大霉，受了很多损失，倘使这笔欠账再压下去，估计他会垮台。我的目的很简单，就是要看他垮台！"

律师简单地看了看那些文件，"这可是好大的一笔钱，总数有好几千英镑呢！"

"是啊。"

"你打算怎么办？"律师问道。

"怎么办？你说怎么办？动用你的一切智慧，设计策划所有能执行的阴谋，动用一切正当或不正当的手段，用上所有你能想到的伎俩，毁掉他，让他沦为乞丐。不，比乞丐还要悲惨！把他从家里赶出去，送进牢里，让他缓慢地受着折磨直到死亡。"

律师掏出手绢，擦了擦额上冒出的细密冷汗："先生，那这一切的费用呢？谁来支付这笔费用？"

那位绅士兴奋地掏出支票簿，激动地握着笔："说吧，随便多少都可以，只要你能达到我的目的，我不会嫌钱多的！"

律师估算了所有可能的费用后，冒失地说出了一个大数目。与其说他是按照主顾的要求这么做，倒不如说，他想试探一下这位绅士究竟有多富有。那位绅士留下一张支票和文件，拂袖而去。

第二天，律师兑现了支票。他知道他的主顾是可靠的之后，就开始忠心耿耿地为他做事。那之后的两年，乔治·梅林先生时常待在事务所里，坐在桌子前思考积累得越来越多的文件。看着当初害得自己家破人亡的人慢慢破产，看着那个老人慢慢地失去所有的东西，土地、房子、家具，甚至衣服，每一样都凭借着法律的强制执行夺了过来，最后那个狡猾的老头逃脱警察的耳目，不知跑到了哪里。

乔治的仇恨并没有因为复仇成功有所消减，而是越来越重，尤其是得知那个冷血的家伙逃跑的时候。他咬牙切齿地咒骂那些没能拘捕到老头的人，派了许多密探四面八方地搜查老头的藏身之地。

就这样，半年过去了。一个深夜，乔治出现在律师的私人住宅门口，迫不及待地要见律师。还没得到允许，他就冲上了楼，冲进了律师家的客厅。他关上门，呼吸艰难地倒在坐椅上，低声说道："别声张，我找到他了，我终于找到他了。"

"真的吗？太棒了，先生！"律师忍不住要拍手称快，"他藏在哪里？"

"他一个人躲在很特别的一个贫困的地方，我们一直没找到他，也许是件好事。他一直孤零零的一个人，日子过得很苦。"

"那么，您明天就去逮捕他吧！"

"是的，"乔治回答道，紧接着他好像想起了什么，"不，且慢，我们后天再去。后天是他的一个纪念日，后天比较好。"

律师说："全听您的，先生。不过，您是不是要通知警官？"

"不用，让他们明天晚上八点到这里等我，我亲自带他们去找。"乔治回答道。

约定的时间很快就到了，乔治和警察会合，乘坐提前雇好的马车，急匆匆地奔向教区贫民收容所。

等他们到达目的地的时候，天色已经很晚了。他们走进一条小街，来到一个荒凉的地方。乔治先生用披风裹住身体，拉下帽子遮住自己的半边脸。

他站在一幢破旧的屋子前面，轻轻地叩了叩门环。一个女人从屋子里走了出来，行了一个标准的屈膝礼。乔治先生轻声唤来警察，让他们候在楼下，自己蹑手蹑脚地爬上楼。

那个和乔治有深仇大恨的人已经老态龙钟。他住在这间简陋的屋子里，此时此刻，一个人坐在点了一支蜡烛的桌边沉思着。乔治推门进来的声音，吓了他一跳。

老人慢慢地转身，看到乔治，吓得跌坐在椅子上。

"你又来做什么？"老头惊恐地问道。

乔治摘下帽子，也坐了下来，说道："我不来干什么，只是来跟你说说话。六年前的今天，我跪在我妻子也就是你女儿的尸体前，立下誓言：今生今世，我活着的唯一目的就是复仇。无论遇到怎样的困难和阻碍，我都没有动摇。只要一想到逝去的妻儿，我就浑身充满力量，如今，这是我最后一个复仇的行动。"

老人听到这里，瘫坐在椅子上，目光中充满恐惧和憎恶，瞪着眼前已经面目扭曲的恶魔。

"明天，所有的复仇都结束了，我就要解脱了。我走之前，要把你扔到这世上最可怕的地狱中，让你品尝你种下的恶果。"说完，乔治看了看老人，转身叫警察上来。

下楼的时候，乔治遇到了之前来开门的女子，他说："我想他快死了！"众人冲上楼，跑进房间，只见老人伏倒在桌子上断了气。

自从那夜起，律师再也没见过那位一掷千金的古怪当事人。

老杰克讲完了这个故事，就起身离开了。匹克跟在老杰克的身后，默默地付了账，也离开了酒店。

回家

人人都以为已经死了十几年的小爱德门德终于回到了他的村子,但他发现,他所熟悉的一切都消失了。他失魂落魄地走在原野上,看到了他的父亲,愤怒的情绪一拥而上,便怒气冲冲地扑向老人,用手扼住了老人的喉咙……

二十五年前,我作为一个牧师,刚刚来到这个村子。村子中有一个人恶名远扬,那个人就是爱德门德。爱德门德是一个脾气暴躁、心肠狠毒的人,时常同几个和他一样懒散嗜酒的流氓在田野间晃荡或者在酒店豪饮。除了那三五个人,他没有一个朋友和熟人,村子里的人每次看见他都躲得远远的,生怕和这个坏蛋有一丁点儿的关系。

那时的爱德门德已经结婚了。他的太太温婉善良,他还有一个聪明伶俐的儿子。教堂附近有一小片田地是他租的,但我从来没看他干过活,只有他的妻子一年到头勤劳地耕作,操持着家。

在所有外人看来,爱德门德的妻子是个坚忍可怜的女子,一直生活在痛苦之中。爱德门德从来不把他的妻儿当人看,一次次地伤他妻子的心。他的妻子始终默默忍受着。在我看来,一方面,那个善良的女人为了抚养自己的孩子,不忍心离开爱德门德;另一方面,她确实很爱爱德门德,她在苦难中一直容忍,就是证据。我想她是凭借着对相爱时的爱德门德的回忆,才一直支撑着。

爱德门德一家的生活十分困苦,尽管爱德门德的妻子不分早晚地辛勤劳作,让他们一家能够吃饱穿暖,但是爱德门德一点儿也没感谢她,反而在酗酒之后,动辄打骂妻儿。深夜里,人们不止一次听到可怜女人的哀求和哭泣声;那个小男孩也不止一次敲响邻居的门,只为了躲避他父亲的暴打。村民们都十分同情这对苦命的母子,但对于他们的遭遇除了同情之外，也做不了什么。

在我的印象中，每个周末这个可怜女子都会带着孩子准时来教堂做礼拜。每次我都看到爱德门德太太带着一身无法掩饰的伤痕坐在她固定的座位上，那个男孩则乖乖地待在她旁边。母子俩虽然衣着破旧，远不如他们的邻居，但总是整洁干净。每个人见到他们母子都友善地微笑示意，或者打打招呼。有时候，她做完礼拜还会站在教堂大门的榆树下和邻居聊聊天，满怀着身为母亲的骄傲和喜悦看着自己辛苦养大的孩子和其他小朋友一起玩耍嬉戏。她那因为操劳而显得苍老的脸因为发自内心的感恩而变得开朗。

过了五六年，那个瘦弱的男孩子已经变成了一个壮实的小伙子。他原本纤细的身材和四肢变得孔武有力，而爱德门德太太却饱受岁月的摧残，显得愈发老态龙钟。爱德门德太太的背也佝偻了，渐渐步履蹒跚。每次做礼拜的时候，我看见爱德门德太太都是一个人。她孤零零地坐在老位置上，身边的位置空荡荡的。原本应该陪着爱德门德太太的孩子，再没有出现过。她手中的《圣经》保存得和原来一样完好无损，小心细致地查明、叠好要读的部分。只是她没再露出开朗平和的表情。大家朗诵的时候，我看见她一个人在座位上落泪，眼泪无声地从她凹陷的两颊滑落。邻居们对她还是一样和蔼，但是她每次都躲开人群，悄悄地拉低帽子离开了。我再没见到礼拜结束时她站在榆树下的身影，大概连她自己也不愿勾起以前快乐的回忆。

如果非要深究爱德门德太太逃避人群的原因，大概是令她心寒的儿子。渐渐长大的青年早已不是那个听话的孩子，他不顾母亲的付出，跟他的父亲一样堕落。他和一群无赖混在一起，终日无所事事，听从别人的教唆，疯狂地做着一件件叫他母亲伤心丢人的冒险勾当。倘若那青年有一点点良心，也不会让爱德门德太太伤心至此。可是偏偏这个少年像是刻意遗忘母亲为他所遭受的种种痛苦、忍受的种种折磨一样，变成了和老爱德门德一样让人厌恶的家伙。这不禁让人感叹，有其父必有其子。

然而，对于爱德门德太太而言，不幸并没有到头。她那不成器的儿子被当作犯罪嫌疑人抓了起来。小爱德门德和他的混混同伴在邻近的镇子作了多起案件,一直没被警方抓住。变得越来越胆大妄为的他们犯下了一起劫案。这次他们的好运用光了,警察经过追查和搜索将犯罪嫌疑人锁定在他们四个身上。就这样,不争气的小爱德门德被抓起来,判了死刑。

我永远也忘不了审判的那一天,爱德门德太太在听到判决的那一刻,发出了刺耳的尖叫,就像是她自己被判处死刑一样绝望。那凄厉的惨叫让站在被告席上的小爱德门德面如死灰,直冒冷汗。那个强壮的男子浑身发抖,终于不再无动于衷了。饱受苦难折磨的爱德门德太太在如此沉重的打击下跪在了我的面前,她不知道能做什么,只是祈求万能的主能饶恕她儿子的罪恶,让她能够从这痛苦的深渊中逃脱出去。

看着因为过分悲痛倒在地上的爱德门德太太,我目不忍睹。我眼前是一个被厄运和不幸纠缠的女人,她的心早就碎成一片一片的了。可是她从来没有抱怨过上苍,只是默默忍受着这一切。面对这样可怜的人,老天爷居然没有一丝怜悯。爱德门德太太那心如岩石的儿子一直病恹恹的,执拗地对她不理不睬。就算她不论刮风下雨,每日每夜在监狱哀求也是白费力气。即使小爱德门德逃离死亡,也没有转变执拗的态度。爱德门德太太毕竟老了,她原本不健康的身体在这样沉重的打击之下,更是不堪一击。不久她就染上了重病,即便这样,她依然拖着毫无力气的身子,挣扎着去看望她的儿子。

有一天,爱德门德太太倒在地上,再也支撑不下去了。小爱德门德的考验来了,他的冷漠变成了对母亲的担忧和焦急。小爱德门德终于记起了为他牺牲的伟大母亲。一天过去了,母亲瘦弱的身影没有出现;第二天,他还是没看到自己可敬的母亲;第三天、第四天……再过二十四个小时,小爱德门德就要离开了。这简直是报应!在这个孩子终于意识到自己的错误时,他却要和自己的母亲永远分开了。

小爱德门德焦急地在监狱的院子里走来走去,期盼着有人能带来他母亲的消息,所有的陈年往事都涌上心头。在醉醺醺的父亲面前保护着自己的母亲，在田地里辛苦劳作的母亲，在教堂榆树下对自己微笑的母亲，他那和蔼可亲的母亲病倒了。这世上唯一一个关爱他的人，病倒了。也许他的母亲要死了，一想到这一点，他就发自内心的懊恼。倘使他还自由，他一定会一个箭步冲到自己母亲的身边。然而此时，小爱德门德只能看着自己手上的镣铐，拼命摇撼眼前的铁栅栏。"来不及了。"怀着这样的念头，小爱德门德蹲在地上，无力地抽泣着。"我，我再也看不见我的妈妈了。"

我来到这个在监狱中忏悔的孩子面前，满怀怜悯地倾听他悔过的誓言和他祈求母亲原谅的话语，听他谈自己未来对母亲的种种奉养计划。尽管我听到这些时就意识到小爱德门德那可怜母亲或许等不到那样的日子了，可我还是像传声筒一样，将这些深情的话语带到重病卧床的爱德门德太太耳边，然后为小爱德门德带回他母亲的宽恕和祝福。当天夜里，小爱德门德就被救走了，很久都没有消息。

小爱德门德走后的两个星期，他可怜的母亲因病过世了。我坚信这个善良坚韧的女子去了天堂，在那个世界好好休息着。我为她举行了葬礼，将她埋藏在教堂的墓地里。虽然没有墓碑，但她的故事世人皆知。她良好的德行为她留下了美名。

小爱德门德走后，我没有收到过他的一封信。这让我几乎以为他已经受不了严苛的刑罚往生了。毕竟他走之前信誓旦旦地保证一旦得到允许就写信给他的母亲。小爱德门德的父亲，依旧终日四处游荡，自从儿子被捕，他就拒绝承认有这样一个孩子。

事实上，小爱德门德还活着，因为他一直待在偏远的地方，所有他寄回来的信，我一封也没有收到。但是他历尽无数艰难，坚持对母亲的誓约回到了家乡，又回到了这个镇子。十四年后，小爱德门德出现在我面前，他一个人回到了这个留着他童年记忆的镇子。

教堂前的老榆树，愈来愈高。阳光透过树荫洒在小径上，小爱德门德想起了童年时的自己。他总是每个周末由妈妈牵着，安静地走进这家庄严的教堂。他清楚地记得，每次做礼拜时，他都和妈妈一起翻开《圣经》，一字一句虔诚地念着。有时候他抬头看着母亲，面色苍白的妇人会俯下身亲吻他的额头，一滴滴眼泪落在他的额头上，他也跟着莫名地哭泣。当时，他一点也不知道这些眼泪的含义。

小爱德门德还想起，有时候他会和邻居家的孩子在路上嬉戏游玩，一回头，就能看到母亲嘴角挂着笑意，温柔地呼唤他。紧接着他想起那个让母亲心碎的自己。那时候不懂事的他把母亲的劝告当作噪声，把母亲的嘱托视为洪水猛兽。他忘不了身患重病的母亲是怎样在监狱门口哀求，企图打动自己的心。懊恼和愧疚让小爱德门德无地自容。

小爱德门德推开了教堂大门，空无一人的教堂里回荡着他一个人的脚步声，空洞而可怕。他环顾四周，教堂并没有什么变化。古老破旧的石碑依然立在那里，他走近他妈妈坐的老位置，熟悉的坐垫不见了，《圣经》也不见踪影。他想，也许自己的母亲已经老到没法一个人来教堂了，也许……他不敢再想下去，即便他知道那极有可能发生，但是他拒绝想下去。他浑身颤抖，越来越觉得害怕，他决定走出这让人心痛的地方。

一出大门，他看见一个老人走了进来。小爱德门德大吃一惊，连忙后退了一步。他记得那位老人认识他，不知道自己会从老人的口中听到什么，恐惧和担忧笼罩在他头上。老人走过时，看着他像对待陌生人一样对自己说了句"晚安"，就走开了。他走出教堂，穿过村庄，看着人们在院子里乘凉。很多人带着对陌生人的畏惧望着他，他试图在人群中找到熟悉的面孔。曾经玩耍的伙伴，现在有了自己的孩子。曾经年轻力壮的叔叔，现在变成孱弱的老人。熟悉的人越来越少，没有一个人记得他。

小爱德门德走到他家的老房子，站在门前有些惴惴不安。"母亲"，他脑海中满是这两个字，他在拘禁的漫长岁月里心中一直牵挂的人。夕阳的余晖洒在屋顶，家的样子一点没变。看着院子里的树，他感觉像回到小时候在树下酣睡的日子。他小心翼翼地靠近，听到屋子里传来陌生的笑声。他迟疑了，他惧怕着那个噩耗。就在这时，他好像看到门开了，一群小孩子嬉闹着跑出来，孩子后面还跟着一个熟悉的身影，那个让他发自心底畏惧的身影。

这位归囚设想过千百次回家的情形，偏偏没有预料到这一种。他连家都没有了，他那善良温柔的母亲也不知所踪。这不是他想象中的家，他以为他回来的时候能看见妈妈激动的脸庞，能得到宽恕，然后他和母亲幸福地生活下去。他的故乡没有人记得他，甚至他没有地方可以容身。他是个不受欢迎的人，就像个陌生的过客。他曾经忍受的经年累月的寂寞和回家的决心顿时变得可笑。

小爱德门德像泄了气的皮球，一点气力也没有了。他不知道该去哪里，他甚至生不起勇气去寻找唯一可能同情他、接纳他的人。他远离人群，走到记忆里熟悉的草地，蒙着脸扑在地上，像是回到母亲的怀抱里一样。

小爱德门德并没有看见不远处河堤上的人，只是突然听到衣服摩擦发出的沙沙声。他抬起头，看到了那个他一辈子都无法忘记的身影。佝偻的背、破破烂烂的衣服无不昭示着对方的贫民身份，小爱德门德无法相信自己的眼睛，他蹲下来，凑近了生怕认错。

"说话！"小爱德门德冲着老人吼道。

老人听到这声音，吓得浑身颤抖、面色惨白。那位老人高声咒骂着退了一步。小爱德门德听见这声音，眼睛里冒出了复仇和兴奋的光芒，他一步步走到老人面前。

"滚开，快滚开！"老人因为愤怒和恐惧扭曲了面孔，声音又尖又利，像是看到了可怕的恶魔。他不停地挥舞着手中的手杖，根本无法控制它落在哪里。

小爱德门德一把夺过手杖，面目狰狞地笑着："恶魔，你这个恶魔，我终于找到你了，我终于找到你了。哈哈！哈哈哈！"

小爱德门德边说边扼住老人的脖子，任由老人在他手中无力地挣扎。老人最后发出的求救声像是妖魔的咆哮，在田野间久久回荡。血从他的口里和鼻子里涌出来，染红了草地。一切都结束了，小爱德门德看着那个老人——他的父亲重重地倒在污浊的泥塘里，就迈着轻快的步子回到了教堂。

我又见到了小爱德门德,并且雇了他。他发自内心地忏悔、改过,渐渐变成一个好人。直到他去世,村子里也没人发现他就是曾经的那个少年——约翰·爱德门德。

听故事

傍晚,一群人正坐在瑞士圣博纳顶峰修道院的大门旁讲鬼故事,我后来本打算凑近去听,但当我靠近他们的时候,却发现他们的身影消失了……

瑞士圣博纳山顶峰有一座修道院。几个当差的此刻正坐在修道院外的长凳上,一起欣赏夕阳映照群山时的美景。他们一共五个人。霞光覆盖下的群峰好像洒过一层红葡萄酒,凝结在山的表面,山峦在光线的照耀下熠熠生辉。我没有想出用红葡萄酒作比喻,这是那个身材魁梧的德国人想出来的,其他人对这个比喻不置可否,就像他们四个人从没有注意到我似的。

我坐在修道院大门外另一侧的长板凳上,和他们一样抽着雪茄,欣赏着对面因落日而披上红色外衣的积雪。我们旁边有一座孤零零的小木屋。那些因迷路而葬身雪山的人,只要被发现就会被转移到木屋里。死者的尸体没有腐烂,而是在严寒的环境下慢慢变得干瘪畸形。

积雪渐渐消融了红葡萄酒似的霞光,群山又恢复了它往昔洁白的面容。天空已是一片茫茫的深蓝色。这时,山风袭来,我感到刺骨的寒冷。五个当差的纷纷把自己的粗呢外套裹紧。面对这样的事情,没人比他们更有经验了,于是,我也跟着裹紧了自己的外套。

夕阳映衬下的群峰让这五个当差的人缄默不语,无人能够抵挡得住这壮阔的景色的诱惑,没有人打破沉寂,生怕影响欣赏的情致。现在,霞光终于退去,一度中断的谈话在他们之间又开始活跃起来。

那位美国绅士坐在修道院客厅休息室的火炉前,滔滔不绝地讲一些事情的细节。不要小看这些故事,这些事情里蕴藏了安纳尼亚斯·道奇公司成功的秘密(这家公司在英国捞到不少钞票)。

"上帝啊！"瑞士籍的当差人用法语说道，"要是讲到鬼……"

"我根本没讲什么鬼魅的事。"德国籍的当差人申辩道。

"那你讲的是什么？"瑞士人反问。

"我解释不清楚，"德国人说，"要是我有更多的学识就好了。"

我想，这回答还挺妙，我的好奇心也被他们的对话勾起来了。于是，我往长凳的另一侧挪了挪，这样可以离他们更近一点。我背靠修道院的外墙，既能听清他们说什么，也不会引起他们的注意。

"打雷一定伴随着闪电！"德国人声情并茂地讲道，"如果有人突然到你的府上拜访，但是，这人自己都没有料到，在他来之前已经有某种神秘力量把他的行踪告诉了你。

"你们怎么看这样的事情？走在繁华的大街上，比如法兰克福、米兰、伦敦、巴黎这样的城市街道上，你忽然发现有个陌生人很像你的朋友亨利，过一会儿，又有一个人长得和亨利神似。也许，你会产生莫名的预感——我会遇到亨利。最奇妙的是，你真的和他相遇了，尽管他本应在特里斯特。你们怎么解释这种现象？"

"这样的事情不足为奇。"瑞士人和另外三个人喃喃说道。

"不足为奇？你们以为这像黑森林里长樱桃树一样不足为奇，像在那不勒斯有通心粉一样不足为奇吗？提到那不勒斯，我倒是想起一件事。在希亚迦饭店的牌友会上，有个叫玛莎·森尼玛的老妇人大喊大叫——这是我亲眼所见，因为，那天的派对是由我当时的巴伐利亚主人举办的，我正好负责那次聚会的接待工作。那位老妇人突然从牌桌椅子上跳起来，脸色惨白地尖叫道：'我在西班牙的妹妹死了！我感觉到她正用冰冷的手摸着我的背！'而她妹妹真的是在那时离开人世的，你们怎么看这样的事？"德国人说。

"世人皆知，在我家乡，每年圣·吉纳诺都会应验主教的请求喷出鲜血。"那不勒斯人顿了顿，眉飞色舞地问："你怎么看这样的事呢？"

"这个我知道。"德国人大喊道。

"神迹？"那不勒斯人笑嘻嘻地说。

德国人吸口烟大笑起来，其他四人也抽着烟大笑。

"嘘！我有什么说什么。我如果想占卜，就请个有名的占卜师，这样钱花得也值。许多怪事里并没有鬼神出没，乔万尼·巴提斯塔，把你经历的英国新娘那件怪事说一说。虽然没有鬼，却特别诡异，看看谁能把这件事解释清楚。"德国人说。

五个当差人都沉寂了片刻。我侧目扫视一下，那个又点了支雪茄的人好像就是乔万尼·巴提斯塔。我觉得他是热那亚人，他开始讲他的奇遇了。

"关于英国新娘的事？呵！这件事不足挂齿，不过，确有其事。听好了，各位先生，这是真事呦！"

十年前，我带着与自己相关的材料和推荐信去伦敦朋德街的郎氏餐厅见一位英国绅士。他计划做一次长期旅行，大概要两年的样子。他对我的证明材料很满意，对我的印象也可以。那位先生还好奇地打听了一些我以前当导游的事情，这使他对我更有好感。

最后，他打算雇用我六个月，报酬相当可观，我当然是乐不可支了。这位英国绅士年轻、帅气又乐观开朗。他和一位既漂亮又富裕的英国淑女订了婚，他们的婚礼即将举行。简单地说，那次长期旅行就是他们的蜜月。为了熬过长达三个月的酷暑，他们在利尔维耶拉租下一座古堡，那离我家乡热那亚很近，就在去往尼艾斯的路边。

我信誓旦旦地对雇主表示，我对那里的一草一木都了如指掌。那座古堡里有一大片花园，有时觉得颇为荒凉。古堡在四周浓密的树林遮蔽下略显幽暗。不过，古堡里面相当宽敞，古朴又不失大气，而且面朝大海。

英国绅士说别人也这样描述过那座城堡，当知道我很熟悉那里时，他特别高兴。古堡里没有什么像样的家具，显得有些幽暗，先生之所以选中那儿，多半是因为那里的花园和茂密的树荫可以使他和妻子度过一个凉爽的夏天。

"这么说万事俱备了，巴提斯塔？"他说。

"先生，您无须多想，一切包您满意。"

为了这次旅行，我们专门预订了一辆新马车。新车做工精致考究，无可挑剔。所有该准备的东西都一应俱全。婚礼如期举行,一对新人喜不自禁。我也自得其乐,因为所有的事情按部就班,没出岔子,我可以风光体面地回到家乡,一路上还可以教漂亮的女仆卡洛尼娜说意大利语。她年纪很小,心眼很好,整天乐滋滋的。

时间飞逝,我却注意到——可要仔细听着!(热那亚人说到这里时压低了嗓门)我注意到女主人时常会莫名其妙地陷入哀思,她很少有快活的时候,心头仿佛压着一块巨石。

我是在一次爬山的时候意识到事情的严重性。当时,主人走在前面,我则陪伴在夫人乘坐的马车旁。那时,我们在法国南部旅行,傍晚女主人叫我去找先生,请他马上回来见她。

先生回来后,陪她走了很长时间,一边散步,一边温情脉脉地安慰她。男主人把手放在打开的车窗窗沿上,女主人却没把手伸出去放在丈夫的手上。先生时常开怀大笑,好像在和夫人讲笑话,努力地调动她的情绪,慢慢的,她被逗得笑了起来。

一切总算恢复正常。这件事令我百思不得其解。我问可爱的女仆卡洛尼娜:

"女主人身体是不是哪不舒服?"

"没有。"

"有什么烦恼?"

"没有。"

"害怕旅途颠簸或是撞见劫匪?"

"不是。"

最让我不满和奇怪的是卡洛尼娜回答问题时的态度。她的眼神总是回避我,故意看着远处,装作漫不经心的样子回答我的问题。终于有一天,她主动找到我,告诉我有关女主人的秘密。

"你非要刨根问底的话,我可以告诉你,我无意中听说有鬼缠着夫人。"卡洛尼娜说道。

"鬼怎么缠着夫人的?"

"鬼在梦里缠着夫人。"

"什么梦?"

"她在梦里会梦见一张脸。在她结婚前三天,每天晚上她都梦见同一张脸——那张脸还有点……"

"那脸很吓人吗?"

"不吓人。那是一张蛮英俊的男人的脸。他皮肤黝黑,五官端正,满头黑发,蓄着灰胡须,身着黑衣。这样一个美男子,除了显得冷酷、神秘之外,简直完美无缺。女主人从没有见过这张脸,也不记得有谁和她梦见的人长得相像。那个神秘的男子在梦里什么都不做,只是躲在阴暗的角落里直勾勾地盯着她。"

"夫人还做过其他类似的梦吗?"

"没有了,光是这个梦就已经搅得她心神不宁了。"

"梦里的男子为何会让她疑神疑鬼的呢?"

卡洛尼娜摇了摇头。

"主人也像你这样问过夫人,"卡洛尼娜说,"夫人自己都说不明白,她也很纳闷。但是,就在昨天晚上,我偷偷听到她问主人,要是在意大利城堡里看见那张脸的画像怎么办?她害怕如果不幸言中了,到时候她未必能挺得住。"

不听卡洛尼娜的话倒好,听完后我自己也有些忐忑不安了。我清楚像那样的古堡里必定有许多古画。当我们离终点站越来越近的时候,我越希望古堡里的画都是被封存起来的。我们到达利尔维耶拉的城堡时,已近黄昏而且暴风雨将至,巨大的雷声在周围数十公里的范围内震荡。

被吓坏了的壁虎在花园石墙的缝隙中爬来蹿去,青蛙也在呱呱乱叫。狂风怒吼,雨水从树叶、树梢上滚落下来织成一道水幕。那闪电——我以圣·罗伦斯的圣体发誓——撕破天空的那一刻真是骇人。

众所周知,热那亚城及其附近的古堡都是十分沧桑的——时光与海风一同侵袭着它们。墙上的涂料和纹饰早已破裂脱落,窗户上的铁栅栏锈迹斑斑,院子里杂草丛生,院墙破败不堪,整栋古堡给人一种摇摇欲坠的感觉。这就是我们住进的城堡。它已经有几个月没人入住了。

几个月?在我看来好几年的时间都有了!屋子里难闻的气味让我想

起了墓地。屋后阳台上种有橘子树，变质的橘子掉落一地，几株灌木从坍塌的喷泉缝隙中生长出来，这几种气味混合在一起，渗透进每一个房间。

陈腐的霉变气味弥散在各处，无孔不入，连柜橱和抽屉都不能幸免。走在窄小的过道中，这种空气足以令人窒息。如果你想翻一下画（又提到了画）你会发现动不了画，画镶在画框里，可画框却粘在墙上，像蝙蝠一样牢牢地抓在墙上。房子里的所有窗户都被百叶窗严严实实地遮住了。

看管古堡的是两个面容丑陋的老妇人。其中一个一边手里拿着纺锤坐在房门前纺线，一边嘴里念念有词地嘟囔着什么。主人、夫人、卡洛尼娜，还有我走进古堡（虽然名字排在最后，我却是走在最前面的）。我摇上百叶窗，打开窗户，抖掉身上的墙灰，擦干净脸上的雨水。

屋子里有时会碰见大群蚊子，还有个头很大、满身斑点、模样狰狞的基诺斯蜘蛛。我先让屋子里亮堂起来，打点好一切，才让先生、夫人及卡洛尼娜进来。我先把墙上的画仔仔细细地看了一遍，之后把另一个房间整理妥当，再请他们进去。女主人害怕极了，我们也都害怕会有那张与夫人梦里见到的脸相像的画。感谢上帝，这里没有那样的画。

古堡里有许多画像，都是我熟悉的历史人物。那个夫人梦中皮肤黝黑、既英俊又神秘的黑衣男子，并没有出现在画中。

我们查看了所有的房间，看完所有的画之后，才来到花园。一个老花匠租下了整片花园，草木修剪得很利索。又大又阴凉的花园一角有一个简陋的露天小剧场。舞台是有坡度的绿草坪，后台一侧有三个入口，散发出芬芳气味的花枝组成一道帷幕。

女主人连这里也放心不下，她瞪着雪亮的眼睛小心仔细地搜索着，只是最后仍一无所获。

"够啦，克蕾雅，"男主人小声地说，"你现在可以放心了吧？你应该高兴才是。"

女主人如释重负，很快就适应了这里的生活。她天天要么唱歌、弹琴，临摹古画，要么和丈夫在树荫下散步。每天清早，先生都会骑马享受清晨阴凉带给他的快感。他总会笑着对我说:"样样顺心啊,巴提斯塔!"

"当然了,先生。感谢上帝保佑我们一切顺利。"

工作清闲又没人打扰时,我可以带着可爱的卡洛尼娜去多摩安西雅塔教堂、咖啡馆、歌剧院,参加乡下的节日,逛公园,看木偶剧。所有这一切都让卡洛尼娜兴奋不已。

最不可思议的是,她已经学会熟练地使用意大利语了。夫人是不是把那个烦人的梦抛到一边了呢?好奇和关切使我偶尔会问问卡洛尼娜。夫人基本不再提了,她告诉我。一天,主人收到一封信后把我叫去。

"巴提斯塔!"

"先生,您有何吩咐?"

"有人为我引见了一位非常尊贵的先生,今晚他会来到这里拜访我们,他叫德隆穆布拉。"

我以前从没有听过这样怪里怪气的名字。不过很多人因为反对奥地利的统治而遭受迫害,为了保护自己,改了姓名。也许,今晚的客人就是其中之一。无所谓,德隆穆布拉对我而言没有什么特殊意义。晚上,德隆穆布拉先生前来赴宴,我把他引进客厅。主人热情地接待他,还向他介绍了自己的夫人。夫人刚要起身打招呼,突然脸色惨白,大喊一声,便昏倒在大理石地板上。我回头一看,这才意识到原因。

德隆穆布拉先生一身黑衣,黑发,留着灰胡子,皮肤黝黑,相貌出众却又有点神秘莫测的样子。主人一把抱起夫人,将她送进房间,我赶快叫卡洛尼娜跟进去帮助先生。

后来,卡洛尼娜告诉我,女主人差点被吓死,整夜都做着噩梦。主人烦躁得近乎抓狂,又不得不耐着性子控制自己。德隆穆布拉先生很有谦谦君子的绅士风范,他一再对女主人会出现如此的意外表示遗憾和关切。

他希望女主人能够早日康复,然后,他便向先生告别,表示等夫人病情好转之后再来拜访。主人自然没同意,一再挽留并和他共进了晚餐。当天,德隆穆布拉先生早早地离开了城堡。第二天,他骑马来到这里打探女主人的情况。那个星期,他来了两三次。

我相信主人下决心一定要治好夫人的恐惧症。他态度和善,不失理智又很坚定。他耐心地说服妻子,如果不克服这种莫名的幻想带来的恐惧,即便不发疯也会抑郁成疾。主人鼓励妻子相信自己有能力摆脱幻觉的困扰,战胜软弱,像真正的英国淑女接待其他人那样接待德隆穆布拉先生,这样,幻觉带来的恐惧就会自然而然地消失。

为此,我们再次安排德隆穆布拉先生到访。夫人这次努力保持克制(可她内心仍然备受煎熬),当晚总算风平浪静。因此,男主人十分高兴。

从此,德隆穆布拉先生成了我们这里的常客。他是一位极有修养的人,绘画、音乐都十分在行,不仅饱读诗书,而且擅长与人交往。他会把古堡里任何不愉快的空气扫荡一空。

我曾经几次注意到女主人仍然有所顾虑。她一见到他就会低下头,看着他时眼神也是躲躲闪闪的,好像德隆穆布拉先生长得凶神恶煞似的。此时,我再转过头看德隆穆布拉先生时,我常常发现他会站在花园的某个角落或者在光线暗淡的客厅里盯着夫人。我可以用卡洛尼娜向我描述夫人梦境里的话来形容,他"躲在阴暗的角落里直勾勾地盯着她"。

德隆穆布拉先生第二次来访之后,我听见主人说:"太好了,亲爱的克蕾雅,现在都恢复正常了!德隆穆布拉先生的频繁到来已经不再对你有什么影响了,你的恐惧像玻璃一样被敲得粉碎。"

"他还……他还再来吗?"

"还来?那是当然,他会常来的!你冷吗?"

"不,亲爱的……千万别让……他让我害怕。你觉得有必要让他来吗?"

"当然要来,克蕾雅。"男主人快活地说。

他现在更加有把握可以治好她的恐惧。她是那么完美,男主人觉得幸福极了。

"样样顺心啊,巴提斯塔?"

"没错,先生。感谢上帝,一切顺利。"

我们一行人(这时,热那亚人才把嗓音放开)去了罗马,参加那里的嘉年华聚会。那天我和一个西西里岛的朋友一直待在外面,他在一户英国人家里当差,随那家人来到罗马。我很晚才回到旅店,正好撞见慌慌张张的卡洛尼娜,她以前从不一个人单独出来的。

"卡洛尼娜!出什么事了?"

"哎呀!巴提斯塔!上帝啊!女主人不见了!"

"夫人失踪了!卡洛尼娜?"

"她早上不见的——今天早上先生出门散步时嘱咐我不要打搅夫人,昨晚她一夜没睡,仿佛身体不适,也许今天要睡到晚上才起来。但是,她竟然失踪了。主人回来后,打不开门,最后将门撞开,冲到里面时,夫人已经不在了。我那漂亮、友善、圣洁的女主人啊!"

可怜的小仆人说到这就说不下去了,她开始歇斯底里地撕扯自己的衣裳,我拦都拦不住她,直到她哭昏过去。主人也来了,我简直不敢相信自己的眼睛,他的声音、外貌和举止已经判若两人了!我们先把卡洛尼娜安顿在床上,请旅店的女侍从帮忙照看一下,然后坐上马车在茫茫黑夜里穿越了佩尼亚平原。

天亮时,我们来到一家简陋的驿站,不巧的是,这里的马十二小时之前就全被租走了。听说,那位德隆穆布拉先生曾乘着马车经过这里,在他旁边坐着一位惊慌失措的英国小姐。这之后,我再没听到有谁见过女主人(说到这,热那亚人深吸了一口气)。我只知道她和她梦见的那张可怕的脸一起消失了。

"你这也叫鬼故事?哪有鬼?刚才的故事里没有鬼啊!我给你们讲一个故事,看你们怎么评价它?这个故事里也没看见鬼!"德国人满不在乎地说。

我以前受雇于一个一直都是单身的英国老绅士。他雇用我是因为他要到德国谈生意。看他用德语熟练地谈生意,我猜他小时候在德国住过,不过那是六十年前的事了。雇主叫詹姆斯,他还有个双胞胎弟弟约翰,也是单身汉。兄弟二人关系很好。他们一起在古德曼做生意,但不住在一起。詹姆斯家在波兰街,弟弟约翰则住在艾平森林。

詹姆斯和我预计在德国待上约一个星期,具体时间还要看买卖谈得如何。约翰来到波兰街,打算和詹姆斯一起度过这个礼拜,我正好也住在那。但第二天,约翰就对哥哥说:"詹姆斯,我有点不舒服,应该没事。我想是痛风又发作了。我回家让老管家照看我,他比较了解我的生活起居。我要是好了就去给你们送行。如果我没好,你走之前别忘了来看看我。"詹姆斯满口答应,他们握了握手(他们一直这样),然后,约翰先生就坐着他的旧马车回家了。第二天晚上,星期四,詹姆斯先生穿着法兰绒睡衣,举着蜡烛,来到我床前,把我叫醒。

"威廉,我确信我可能生病了。"

此时,我才注意到他表情十分异样。

"威廉,这事跟你说我不害怕,别人可不行。你来自一个注重理性思考的国家,对神秘的事情一定会谨慎对待,绝不会用前人说过的话敷衍,或干脆置之不理。我刚才看见我弟弟的灵魂了。"

我承认当我听到他说的这句话时脑子里一片空白。

"我刚才看见了我弟弟的灵魂。我躺在床上睡不着,这时,我弟弟进来了。他脸色苍白,高兴地看着我,然后,走到办公桌前,看了看上面的文件,转身来到我床前,仍然高兴地看着我,最后从门口离开。我的精神状态很好,我不想探究有没有灵魂。我只是觉得这是在警告我身体哪里有问题了,我打算找医生放点血。"詹姆斯看着我镇定地说。

我立即起床,穿衣服,安慰他别急,告诉他我很快就会把医生请来。我刚要出门,突然,楼下有人使劲按门铃。我住在房子后面的阁楼里,詹姆斯住在临街的二楼。我们一同来到他的房间,打开窗户向下看。

"詹姆斯先生在家吗?"楼下的人退到街道另一侧,仰头望着这里。

"在,我就是。你是我弟弟的佣人罗伯特吧?"詹姆斯先生说。

"没错,先生。我很抱歉来通知您:约翰先生病了。他目前的状况很糟糕,怕是不行了,他想见见你。先生,我坐马车来接您的,请快点下来。时间紧迫。"

詹姆斯和我目瞪口呆。

"威廉,太不可思议了。你陪我一起去吧!"我帮他穿衣服,还没穿好就上了马车,我又忙着在车里帮他穿好衣服。我们的马车像飞一样从波兰街到了艾平森林。

现在,听好!(德国人说)我和詹姆斯来到他弟弟的房间,下面是我的所见所闻:

这是一间很大的卧室,卧室最里面放着一张床,约翰就躺在那。他的老管家站在那,其他侍从围在那里,三四个人的样子。他们从今天中午就守在那里了。约翰脸色苍白,活像个幽灵——千真万确,他还穿着睡衣。他像幽灵一样用空洞的眼神注视着哥哥走进他的房间。当哥哥来到床前,弟弟艰难地坐了起来,看着哥哥说道:

"詹姆斯,你来之前咱们就见面了,你心里明白。"然后,他就去世了。

德国人说完后,我打算听听其他四人是怎么评价这件事的,可周围除了寂静还是寂静。我扭头一看,那五个人都不见了,没有一点声响,好像被阴暗的群山压在了积雪下面。刺骨的寒风驱赶我赶快离开这阴森的地方。

听完他们的谈话,我再没胆量一个人在修道院里待着了。我回到修道院客厅里,发现那位美国绅士居然还在滔滔不绝地讲安纳尼亚斯·道奇公司的传奇。

神奇的机器

这是一台神奇的机器,就算靠近它的是石头,也会被机器吞下去,轻松地磨得粉碎,变成香肠。可是突然有一天,店里遭到客人投诉,说在香肠里面发现了扣子。"好熟悉的扣子,好像在哪里见过。"肉铺老板娘心一惊,说不出话来……

匹克和他的仆人山姆又踏上了新的旅程。路过一个村落时,山姆指着一户人家,说:"先生,这是当地最有名的猪肉铺子!"

"是吗?"匹克一点也不在意,示意山姆继续赶路。

"这可是一家有名的香肠制造厂,先生。"山姆又强调了一遍。

"那怎么了?"匹克不解地看着他的仆人。

"先生,你以为我说的是哪里?那就是四年前那个神秘失踪的商人的店铺啊!"山姆气愤地重复。

"你不会是说,他是在这儿被勒死的吧!"匹克来了兴致,环顾四周。

"勒死?不,要比那糟糕多了。"山姆决定把听来的秘闻报告给喜欢听离奇故事的主人。

这个铺子的主人是个发明家,他发明了一种香肠蒸汽机。这是一台神奇的机器,就算靠近它的是石头,也会被机器吞下去,轻松地磨个粉碎,变成香肠。他十分得意自己的发明,将机器小心地放置在地窖里,时不时就开心地看着机器开足马力制作香肠。总的来说,他是个幸福的人,有两个可爱的孩子,还有这样神奇的机器,可是,他的太太让他十分头痛。她是个十足的泼妇,整天寸步不离地在他耳边唠叨。

有一天,他终于忍无可忍地对妻子吼道:"亲爱的,我不是开玩笑,你要是再这样闹下去,我就逃到美国去,再也不回来!我绝不是在开玩笑!"

"哼，你倒是去啊。你这个没良心的，你走呀！我看你在美国怎么活！"老板娘大声地反驳道，紧接着又不间断地骂了一个小时。老板娘还是不解气，又跑到铺子后面的屋子里，哭叫开来。

第二天一早，老板娘起来后发现丈夫不见了。她仔细检查了屋子，发现丈夫什么都没带走，衣服和钱都还在原来的位置，便以为丈夫是跟自己恶作剧而已。可是，接连几天都没见丈夫回来，老板娘意识到问题的严重性，于是在报纸上登了广告说，只要丈夫肯回来，她什么都不追究。紧接着，她又跑到警察局报了案。

两个月过去了，老板依然不见踪影。而邻居们都说老板因为受不了自己的太太跑了。老板娘默不做声地等着自己的丈夫回来，继续经营着店铺。

一个星期六晚上，一位又矮又瘦的老绅士怒气冲冲地来到店铺，吼道："你是这里的老板娘吗？"

老板娘说："是呀，我们的香肠出了什么问题吗？"

"哼，我告诉你，我可不打算被什么东西噎死。就算你们不拿最好的肉做香肠，也不妨放点牛肉。可是你们，你们居然用扣子！扣子可不比牛肉便宜多少！"老头的脸因为生气变得通红，将一包东西摔在桌子上。

"扣子？"老板娘诧异道。

"对，就是扣子！你看！"说着，老头打开桌子上的那包东西，里面有二三十颗碎了的纽扣。

老板娘看着扣子，面如死灰地尖叫道："好熟悉的扣子，好像在哪里见过。这，这是我丈夫衣服上的扣子啊！"

矮小的老绅士惊呼道："什么？"

"我的丈夫，我的丈夫突然发了神经，把自己做成了香肠！"

听到这句话，那个格外喜欢香肠的小老头疯了似的冲出铺子，从此不知去向。

山姆讲完故事，回过头看了看匹克。匹克此时已经吓得浑身颤抖了，嘴里还嘟囔着："我再也不吃香肠了！"

恶灵

堕落的幽灵最喜欢吃颓丧者的灵魂，倒霉的范高威特男爵不幸成为了幽灵的目标。恶灵花言巧语地诱惑他，让他交出自己的灵魂。

那是德国一座非常古老的城堡，可能因为它太古老，所以弥漫着诡异的气氛。风一吹，城堡就会发出轰隆隆的可怕声响，周围的树林也会附和着发出沙沙的声音。夜间的城堡在月光的照射下，宽阔的走廊与通道都变得格外清晰，让人忘记了那些月光照射不到的角落。

这座城堡属于乔治维格家族的范高威特男爵，拥有这样一座气氛诡异的城堡，我甚至曾经怀疑乔治维格家族的祖先是不是一度因为缺钱而袭击过一位夜晚问路的旅人，但是我却很难让自己相信这些事情真的发生过。因为我相信男爵的祖先在事后一定会对自己的行为感到后悔，然后亲手建造一座教堂以表忏悔，并向上天承诺绝不会再做任何罪恶的事情，需要补充的是，他建造教堂的材料是从另一位懦弱的男爵那里搬运的。

每当我提到男爵的祖先，范高威特男爵总对我强调他的家族有多么风光，希望我能充分尊重他的家族。当然我确信男爵确实有非常多的祖先，但那么多的祖先怎么可能每一个都是一样的呢。尽管现在不论是补鞋匠，还是一些粗鲁的平民都有很多的家族亲戚，但三四百年前的贵族可不像现代人这样具有开枝散叶的血缘关系，在当时来说，范高威特男爵拥有十分复杂的家世背景。

当然这些都不是重点，重点是我接下来要说的一个故事，一个关于乔治维格家族的范高威特男爵的故事。

范高威特男爵有着一头乌黑茂密的头发、黝黑的皮肤和一把相当有特点的大胡子。他喜欢狩猎，总是穿着绿色的衣服、黄褐色的靴子，然后在肩上挂上军号,这样的装扮使他看上去像是一名驿站的警备员。只要他一吹响军号,就有大约二十四个穿着粗糙的绿色军服和黄褐色靴子的士兵列队疾驰而来。

这些士兵经常和男爵一起狩猎,这无论是对男爵还是对那些士兵来说都是一段快乐的时光,尤其是遇到熊的时候,男爵总会一马当先地杀了它,然后用熊的油脂来润滑自己的胡子。

每天晚上,男爵都和他的士兵聚在一起喝莱茵酒,有时候干脆叫一大桶酒来喝,尽兴之后,他们再一起醉倒在桌子上。直到地上堆满酒瓶,他们才结束这一夜的狂欢。

虽然这样的日子简直快乐赛神仙,但范高威特男爵很快就厌倦了。每天和同样的二十四个人待在一起,总是做着同样的事情,讨论同样的话题,说着一成不变的故事,怎么可能不厌倦?他开始寻求一些变化或刺激,以使他的生活变得有趣起来。一开始,他选择和他的士兵吵架,或者在晚餐之后狠狠地殴打几名士兵。这确实有些作用,但这也仅仅维持了一个星期。之后,他对激情的渴望更加强烈了。

一天,范高威特男爵在狩猎时猎杀了一头熊,这使他赢了和尼罗德林威的狩猎竞技,胜利的喜悦感充斥着男爵的胸膛,他兴高采烈地回到了城堡。遗憾的是,这种愉快的感觉并没有持续很久。当天晚上聚会时,他无聊地坐在桌子的首位上,大口喝酒,一边喝一边不满足地看着屋顶。

范高威特男爵越喝越多,同时他的眉头也越锁越深。坐在他左右的两位士兵看到主人这样的状态大气也不敢喘,因为最近一段时间男爵的脾气确实是不太好,于是他们也像男爵那样皱着眉头大口地喝酒,虽然他们的内心忐忑不安。

喝得醉醺醺的男爵突然大哭起来,他一边用自己的右手敲击着桌面,用左手捻着自己的胡子,一边大声地叫嚷着要找范高维特夫人,让她来陪他喝酒。

听到他的话,二十四位士兵的脸色瞬间变得苍白,一动也不敢动。"快去找范高威特夫人!我说找范高威特夫人!"刚刚才喝下二十四杯大容量的德国白葡萄酒的士兵们只能跟着他叫嚷着要去找范高威特夫人,同时眨着眼睛示意他们完全不明白男爵的意图。

"她是范史威霍森男爵的女儿，我要让她在明天太阳下山之前答应嫁给我，范史威霍森要是敢拒绝，就砍断他的鼻子。"

就这样他们派出一位信差，将范高威特男爵的意思传达给了范史威霍森男爵，并限他明天早晨之前给出回答。其实这是一个不明智的决定，当然也不是说男爵不应该结婚，而是他应该更谨慎和虔诚地对待这件事。

想象一下，如果范史威霍森男爵的女儿或是发狂的，或是跪在她父亲脚下，泪如泉涌地告诉她的父亲她已经心有所属了，那么很有可能，范高威特男爵的故事就到此结束了，因为范史威霍森男爵会从窗户侵入男爵的城堡，然后攻击他。因为这个时候的男爵和他的士兵们都已经醉倒了。

幸运的是，那位美丽的少女还没有心上人，她透过窗户的缝隙，看到了向她求婚的男人———一个骑在马上，有着黑头发、黑皮肤的大胡子，于是她立刻告诉她的父亲，她愿意嫁给这个男人，愿意牺牲自己来保护父亲的平静生活。

于是，一场盛大的婚礼当天就在范史威霍森男爵的城堡中举行了，范高威特家的二十四位士兵和范史威霍森家的十二位士兵们，一起开怀畅饮，扬言要喝掉所有的酒，因为在"酒杯里养鱼"可不是男人该做的事。他们一直喝到脸跟鼻子全部通红才慢慢罢手，然后范高威特男爵带着他的新娘与士兵们一起兴高采烈地骑着马回到了自己的城堡。

他们大约兴高采烈地畅饮了六周，这段时间范高威特男爵停止了一切的狩猎活动，并且在他今后的人生中也再没有这项娱乐了，因为男爵夫人认为那些士兵实在是粗俗、吵闹。有时男爵夫人恨不得解散他们，但男爵可不愿意，毕竟那是他的狩猎队。

没有被丈夫取悦的男爵夫人号啕大哭，昏厥在男爵的脚下。范高威特男爵一下子慌了手脚，他找来夫人的婢女，传唤了医生，教训了两个吵闹的士兵，最后他妥协了，撵走了所有的士兵。

事实证明，妻子牵着老公走是非常正常的事，就像每四个已婚议员当中就有三个必须听从太太的意见而非自己的意见来投票一样。范高威特男爵夫人就是一名这样的妻子，范高威特男爵就是这样的一名丈夫，他被男爵夫人管理得服服帖帖的，就因为这样，他的很多旧嗜好全在男爵夫人的干预下渐渐失去。

日子一天天过去了，这一年范高威特男爵四十八岁了，他已经变成一个体态臃肿却也算健壮的男人。现在的他不再举办宴会，不再寻欢作乐，也不再让人陪他去狩猎。他不做任何他曾经喜欢的事，虽然他现在依然坚强无畏，依然勇猛不减，但是在乔治维格城堡中，他常常受到男爵夫人的斥责、奚落。

男爵的不幸不仅如此。每一年的结婚纪念日对范高威特男爵来说如同一个灾难日，因为范高威特男爵的岳母会因担心自己的女儿来到乔治维格城堡，一边监督男爵的家务，一边为女儿哭泣。一旦范高威特男爵对她的无理取闹忍受不了的时候，她就会大胆表示说："我的女儿并不比其他男爵夫人过得差，怎么能过这样的日子。"但是范高威特男爵的反抗通常只能招来岳母更激烈的斥责，说他是一个经常让妻子痛苦流泪的冷血畜生。可怜的范高威特男爵对于这些莫须有的指控只能默默地承受，以致他常常精神不佳，毫无食欲。

男爵的另一个不幸则是从他结婚以后一直延续着的。在结婚后一年，他有了一个健壮活泼的儿子。那时男爵感到十分高兴，喝酒狂欢，在城堡里燃放许多烟火。一年之后他又有了一个女儿，再隔一年他又有了一个儿子，然后又一个女儿，就这样男爵不断地有着儿子或者女儿，有一年甚至还生了一对双胞胎，不知不觉中男爵有了十三个子女。

范高威特男爵的日子就在这样阴郁沮丧中一年一年地过去了，现在他是一个负债累累的贵族。范史威霍森家族一直认为乔治维格的金库是取之不竭的，可事实上范高威特男爵为了照顾妻子的娘家以及养育众多的子女，已经花费了大量的金钱，现在他的金库只剩下蜘蛛网了。所以，当范高威特夫人准备生下第十四个孩子时，他变得更加忧虑了。

沮丧的男爵想要结束自己的生命，于是他从壁橱中抽出以前狩猎时用的刀，将刀指向了自己的喉咙。就在刀尖马上就要刺破脖子的时候，他停住了，他觉得刀子应该磨得再锋利一点，那样才不会痛。

当他磨好刀子，再度将刀尖指向自己的喉咙时，他听见了楼上孩子们的叫声。"真希望我还是个单身汉，这样我就可以毫不犹豫地下手。"男爵心里想。

"来人！把最大桶的酒拿到地窖去，再拿一瓶红酒。"一位仆人走进来执行男爵的命令。

男爵独自一人来到地窖中，壁炉中的木柴发出点点微光。男爵遣走仆人，留下烛火，锁上了门。他决定在这里抽完最后一支雪茄，然后静静地离开人世。

他躺在沙发上，在火炉前伸直双脚，把刀放在桌上，一边抽着烟，一边大口地喝着葡萄酒，回忆起他从前的生活——他黄金单身汉的日子。他想起了那二十四个被他赶走的士兵，从前他们一起追逐熊与野猪的美好时光。他不知道他们现在过得怎么样，只知道有两个人被砍了头，还有四位酗酒而死。再次睁开眼睛时，他突然觉得自己不那么孤独了。

这时他看见屋子中有一个人影，那应该是一个人。他有一张枯槁的灰色长脸，满脸的皱纹，眼珠凹陷，目露狠光，一头锯齿状的黑色粗发，身穿一件深蓝色的短上衣，坐在火炉的对面交叠着双手。男爵发现那个人衣服的正面部分的装饰是棺材状的柄形扣环，他的双脚像是穿着盔甲一样躺在棺木里，他的斗篷像是用剩余柩衣拼凑的。他对男爵的注视毫不理睬，只是专心地看着火炉。

男爵向他打了招呼，然后问："你是谁，你是怎么进来的？"

那个人说："当然是从门口进来的。"

"你是什么人？"

"男人。"

"我可不信。"

"不信就算了。"那个人看着男爵，又说道："我不是男人。"

"那你是什么？"

"天才，沮丧与自杀的天才。"然后他把自己的斗篷丢到一旁，向男爵展示他的身体。

男爵看到一根棍棒直直地穿过了他身体的中央，或者我们应该叫他

"幽灵"。幽灵将棍子从身体里拉出来,放在在桌上,动作非常自然,就像拉开拉链一样容易。

"现在,你准备好要自杀了吗?"

"还没,我想先抽支雪茄。怎么,你很急吗?"

"当然,我的时间相当宝贵。"

"要不要喝一杯?"

"十天,我有九天都在喝酒。"幽灵一边说,一边玩着自己身上的棍棒,"你应该动作越快越好,还有很多人需要我的。有一位年轻绅士正苦于有太多钱而抑郁寡欢。"

"居然有人因为有钱而不想活!哈……哈……这是我这些年听过最好笑的一句话。"

"别笑了,你这样会让我难受。多些时间叹气我会好过些。"

"也许,因为不愁钱而自杀是个不错的主意。"男爵很快恢复了情绪,叹了一口气。

"呸!不会比一个因为贫穷而自杀的人聪明到哪里去!"

男爵听了他的这句话之后,停下了握住刀子的手,睁大眼睛,仿佛看到了光亮一样。突然,男爵意识到,没有什么事是坏到必须要选择自杀的。

无论幽灵是用空无一物的金库,还是专横的太太,或者是那十三个孩子来刺激男爵,男爵总能从这些往日的负担和压力中看到光明。他告诉幽灵,他的金库总有一天会再度充满金钱,他的妻子总有一天会安静下来,至于他的孩子们,那绝对不是个错误。

幽灵狰狞地要求男爵立刻去死。而现在的男爵已经豁然开朗了,他知道这个世界沉闷无趣,但他不想去幽灵的世界。男爵承认,以前他从未认真想过要是自己离开这个世界,会不会过得更好。但是现在他明白了,他不会再让自己笼罩在悲伤中。

面对着愤怒地叫嚣着让男爵自杀的幽灵,男爵回以大声的狂笑。幽灵默默地向后退着,恐惧地望着男爵,然后他拿起自己手中的棍棒,猛地刺向自己的身体,然后在一声凄惨的号叫声中消失不见了。

从这以后，范高威特男爵再也没见过幽灵。在他去世时，他虽然不如当初富有，但度过了愉快的一生。他有许多子孙，他们都像他一样非常擅长狩猎。

我给大家讲述这个故事，就是想要告诉所有的人——尝试着寻找那些生命中最美好的画面，并慢慢去发现生活中的美好，然后再读一次范高威特男爵的故事。